쇼펜하우어와 그라시안이

이야기하는
삶의 지혜

쇼펜하우어와 그라시안이 이야기하는 삶의 지혜

초판 1쇄 인쇄 2025년 1월 3일
초판 1쇄 발행 2025년 1월 10일

지은이 쇼펜하우어·그라시안
엮은이 이하연
펴낸이 이환호
펴낸곳 나무의꿈

등록번호 제 10-1812호
주 소 경기도 의왕시 내손로 14, 204동 502호 (내손동, 인덕원 센트럴 자이 A)
전 화 031)425-8992 **팩 스** 031)425-8993

ISBN 979-11-92923-05-5 (03810)

쇼펜하우어와 그라시안이

이야기하는
삶의 지혜

쇼펜하우어·그라시안 지음
이하연 엮음

나무의 꿈

목차

1부
쇼펜하우어로부터

제2부
발타자르 그라시안으로부터

머리말

사람이 살면서 몇 번의 봄을 맞고
몇 번의 가을을 보낼까요?
모르긴 몰라도 수십 번은 될 것입니다.
이처럼 여러 차례 바뀌어 가는 계절의 순환 속에서
우리는 수많은 생각을 하게 됩니다.
작게는 하루하루 어떻게 보낼까 하는 것에서부터
삶을 어떻게 살아가야 하는지에 대한 것까지
아마 하루도 무언가를 생각지 않는 날이 없을 것입니다.
어쩌면 그것이 인생의 일부인지도 모르겠습니다.
그리고 무엇보다도 인생의 큰 부분을 차지하는 것이
'어떻게 살 것인가' 하는 문제일 겁니다.
우리는 수많은 사람들이 가지고 있는
갖가지 경우를 봐오고 있습니다.
대단한 성공을 거두어 부와 명예를 누리는 사람,

찌든 가난 속에서 힘겹게 살아가는 사람,

낙천적인 기질이 넘치는 사람, 괜히 불평을 해대는 사람,

힘든 현실이지만 극복해 내려는 사람 등등

정말이지 세상에는 오만 팔만 가지의 사람들이 있고

저마다 삶의 방식을 가지고 있습니다.

그것은 자기 자신이 살아가는 데 꼭 필요한 형태로

또는 지켜야 하는 규칙으로 드러날 것입니다.

대개는 타인도 인정하는 것이겠지만

때로는 아주 독단적이어서

주위 사람들의 따가운 시선을 받게 되기도 합니다.

그렇다면 과연 어떻게 살아가는 것이

참다운 삶의 방법일까요.

어쩌면 이 글 속에서 찾을 수 있지 않을까 하는

생각이 듭니다.

쇼펜하우어와 발타자르 그라시안

이 두 사람은 사실 우리와 아무 상관도 없고

굳이 알지 않아도 되는 사람들입니다.

게다가 이미 오래전에 세상을 떠났지요.

그런데 왜 우리는 그들의 글과

그들이 말하는 이야기를 아직도 찾고 있을까요?

아마도 그 이유는

이 두 사람이 인생을 먼저 살다간 사람으로서

인간답게 살아가는 방법을 제시해 주었기 때문이 아닐까요.

물론 그들이 하고자 하는 얘기가

지금 이 시대와는 전혀 맞지 않을 수도 있습니다.

그들이 살았던 시대와

새로운 2000년을 바라보는 이 시대와는

여러 면에서 다를 테니까요.

하지만 시간과 장소를 초월하여 인정받고 있는
삶의 방식이 있습니다.
이 글 속에서 우리는 만날 수 있을 것입니다.
참다운 삶을 살아가고자 할 때,
더러 길잡이를 잃어 인생이 표류할 때,
우연히 이 책을 펼쳐들어 해답을 찾을 수도 있지 않을까요.
만약 그렇다면 이 책을 엮은이로서
더할 수 없는 기쁨이 될 것입니다.

엮은이 씀

1부
쇼펜하우어로부터

고뇌에 대하여

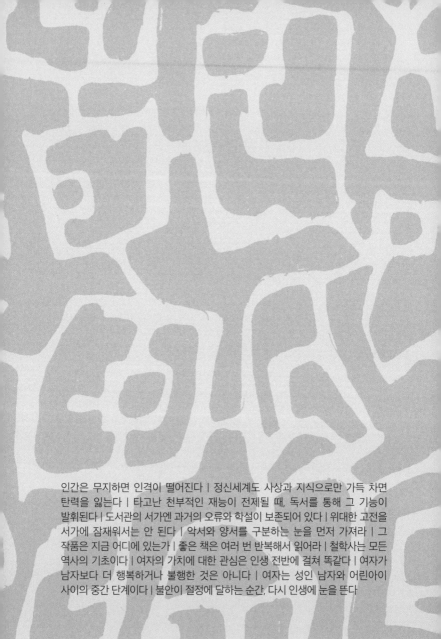

인간은 무지하면 인격이 떨어진다 | 정신세계도 사상과 지식으로만 가득 차면 탄력을 잃는다 | 타고난 천부적인 재능이 전제될 때, 독서를 통해 그 기능이 발휘된다 | 도서관의 서가엔 과거의 오류와 학설이 보존되어 있다 | 위대한 고전을 서가에 잠재워서는 안 된다 | 악서와 양서를 구분하는 눈을 먼저 가져라 | 그 작품은 지금 어디에 있는가 | 좋은 책은 여러 번 반복해서 읽어라 | 철학사는 모든 역사의 기초이다 | 여자의 가치에 대한 관심은 인생 전반에 걸쳐 똑같다 | 여자가 남자보다 더 행복하거나 불행한 것은 아니다 | 여자는 성인 남자와 어린아이 사이의 중간 단계이다 | 불안이 절정에 달하는 순간, 다시 인생에 눈을 뜬다

인간은 무지하면
인격이 떨어진다

무지는 부와 결합되었을 때,

비로소 인간의 품위를 떨어뜨린다.

가난한 사람은 빈궁과 곤궁에 얽매여 일에 전진하기

때문에

노동이 지식을 대신하여 그의 마음을 차지한다.

그러나 무지한 자가 돈을 벌어 부자가 되면

쾌락만 좇아 살기에, 가축에 가까운 생활을 한다.

그들은 부귀와 여가를 잘 활용하여

이것을 가장 가치 있는 것으로 만들 수 있는

의무를 게을리한 것이다.

이에 대한 비난을 받아도 마땅하다.

정신세계도
사상과 지식으로만 가득 차면 탄력을 잃는다

독서는 분명 좋은 것이다.

그러나 독서를 하는 동안,

우리는 스스로 생각하는 일은 하지 않는다.

독서란 단지 저자의 심적 과정을

반복해서 더듬는 데 불과하다.

자신의 사색을 포기하고 독서를 할 때면

마음이 한결 가벼워지는 것은 사실이다.

그러나 너무 많이 책을 읽은 사람이나

독서에만 매달린 사람은

스스로 생각하는 능력을 잃어버리게 된다.

그것은 마치 말만 타고 있던 사람이

나중에는 걷는 것을 잃어버리게 되는 것과 마찬가지다.

과식하면 위를 해치고

그 때문에 몸 전체를 해치는 것과 같이,

정신적으로도 지나친 영양 섭취는 정신을 질식시킨다.

따라서 읽는 것으로 끝내는 것이 아니라

읽은 것을 숙고하고 되새길 줄 알아야 하는 것이다.

읽은 것을 다시 생각해 봄으로써

비로소 자기 것이 되는 것이다.

타고난 천부적인 재능이 전제될 때,
독서를 통해 그 기능이 발휘된다

저술가는 여러 가지 특질을 가지고 있다.

예를 들어 설득력, 화려한 문체, 빼어난 비유,

사람의 의중을 찌르는 대조의 수완,

세계 졸라대는 잠언적 발언 등 다양하다.

그러나 이러한 재능을 가진 저술가의 책을 읽었다고 해서,

우리가 무조건 그것을 획득하는 것은 아니다.

그러나 만약 이미 그러한 소질을 지녔다면,

그 잠재 능력을 개발시킬 수는 있다.

다시 말해, 독서를 통해

글을 쓸 수 있는 능력을 발휘할 수도 있는 것이다.

단, 언제나 천부적인 재능이 전제되어야만 가능하다.

그렇지 않은 경우, 우리는 천박한 모방자가 될 수도 있다.

도서관의 서가엔
과거의 오류와 학설이 보존되어 있다

지층이 태고의 생물을 차례로 보존하고 있는 것처럼

도서관의 서가도 과거의 오류와

그 학설을 차례로 보존하고 있다.

이들은 태고의 생물과 마찬가지로,

그 시대에는 크게 활약하고 일대 소동을 일으켰지만,

지금은 화석이 되어, 단지 학문에 있어서의

생물학자들이 관심을 보일 뿐이다.

위대한 고전을
서가에 잠재워서는 안 된다

모든 시대, 모든 나라에는

각기 비길 데 없이 고귀한 천재가 있다.

그 희귀한 존재, 가장 고결한 사람들의 작품은 읽지 않고,

해마다 파리처럼 무수히 탄생하는 졸작,

매일매일 쏟아져 나오는 범작을 단지,

그것이 지금 막 인쇄되어

잉크가 채 마르지 않았다는 이유만으로

탐독하는 독자들의 어리석음은 가히 믿기 어려울 정도다.

단지 한 철뿐인 책들로

독자들의 시간과 정신력을 빼앗고 있는 것이다.

위대한 고전을 서가에 잠재워서는 안 된다.

명심하라.

쉬럴겔의 아름다운 한마디 경구는

오래오래 삶의 지침이 될 것이다.

"고대인의 작품을 읽어라.

참으로 고전다운 고전을 읽어라.

현대인의 고대인론은 대단한 것이 못 된다."

악서와 양서를 구분하는
눈을 먼저 가져라

시대에 뒤떨어지지 않기 위해서 독서하는 일,

즉 모두가 언제나 같은 책, 최신작, 베스트셀러를 읽고

사교계에서 화제 삼기 위하여

책을 읽는 것은 참으로 비참한 일이다.

사람들이 모든 시대의 가장 훌륭한 것 대신에

가장 새로운 것만을 읽기 때문에

저술가들도 당대에 유행하는

좁은 사상권에서 빠져나오지 못하고,

시대는 점점 더 깊이 수렁에 빠져들고 있는 것이다.

따라서 우리가 책을 읽을 때, 가장 중요한 것은

쓸데없는 책을 읽지 않는 기술이 매우 중요하다.

유행하는 책을 닥치는 대로 읽지 않는 것도 한 방법이다.

악서는 아무리 적게 읽어도 모자람이 없고,

양서는 아무리 여러 번 읽어도 지나침이 없다.

그 작품은
지금 어디에 있는가

항상 나란히 진행되는 두 종류의 문학이 있다.
하나는 문학이고, 다른 하나는 가짜 문학이다.
진실된 문학은 계속 크게 성장하여
사람들에 의해 영위되며 발전한다.
이 문학은 조용히, 진지하게 전진하여
그 발걸음은 정말 느린 것으로,
1세기 동안 겨우 손에 꼽을 만한 작품만이 탄생한다.
하지만 학문이나 창작을
생활의 방편으로 삼고 있는 자들이 영위하는 문학은
일대 소동을 벌이며 매년 몇천 권의 책을 시장에 내보낸다.
그러나 얼마 지나지 않아 사람들은 묻는다.
"그 작품은 지금 어디에 있는가?
그토록 빨리, 그토록 소리 높이 명성을 떨치던 것이
지금은 대체 어디로 갔는가?"

좋은 책은
여러 번 반복해서 읽어라

사람들은 책을 구입하는 것과

그 내용을 자신의 것으로 만드는 것을 혼동하고 있다.

지금까지 읽은 것을 모두 몸 안에 간직하려고 한다.

"반복은 연구의 어머니"라는 말이 있다.

모든 중요한 책은 무엇이든 반복해서 읽어야 한다.

두 번 읽을 때는 더 한층 올바르게 이해할 수 있으며,

처음과는 다른 기분으로 읽기 때문에

같은 대상에 대해서도 다른 시각을 갖게 된다.

고전을 읽는 것 이상으로 정신을 맑게 하는 것은 없다.

고전의 어떤 책이든,

한 권을 반 시간이라도 손에 쥐고 있다면

곧 정신은 신선하고 경쾌해져서 맑아지고 강해지는 것이다.

그것은 나그네가 깨끗한 바위에서 솟아나오는 샘물로

원기를 회복하는 것과 같다.

철학사는
모든 역사의 기초이다

세상에는 정치사와 문예사, 이렇게 두 종류가 있다.

전자는 의지의 역사이고, 후자는 지성의 역사이다.

정치사는 곤궁과 기만으로 가득 차

우리에게 불안과 공포심을 불러일으킨다.

반대로 문예사는 고독한 지식인처럼

어디까지나 즐겁고 명랑함을 제공한다.

철학사는 문예사의 기초로서,

다른 부문까지 그것을 울리고,

다른 부분의 의견을 그 기초로부터 지도한다.

그런데 그런 사상이 세계를 지배하는 것이기 때문에

철학이야말로 이것을 올바르게 이해하면,

그 작용은 아주 완전한 것이며,

가장 강력한 실질적인 힘이다.

여자의 가치에 대한 관심은
인생 전반에 걸쳐 똑같다

독일의 시인 쉴러가 지은

'여자의 품위'라는 시는 매우 깊은 사색과 더불어,

교묘히 사용된 대구법과 대조법에 의해 깊은 인상을 준다.

그러나 내가 생각하기에는

여자들에게 합당한 찬양의 표현에 있어서,

쉴러의 시는 오히려 프랑스의 극작가인 주이의

다음 몇 마디 말보다 잘 표현되어 있지 않은 것 같다.

"여자가 없다면,

우리 인생의 초년에는 도움 받을 수 없을 것이고,

중년에는 쾌락이 없을 것이며,

말년에는 위안이 없을 것이다.

여자가 남자보다
더 행복하거나 불행한 것은 아니다

여자가 정신적이든 육체적이든

중노동을 감당할 수 없음은 그들의 모양을 보면 알 수 있다.

여자는 인생의 빚을 자신의 능동적인 행동으로 갚지 않고,

수동적인 고통으로 갚는다. 즉 해산의 괴로움과 육아를

남편에 대한 복종으로 갚는다.

아내는 남편에 대해 항상 참을성 있고

즐겁게 해주는 반려자가 되어야 하는 것이다.

처절한 슬픔과 최고의 환희,

그리고 굳센 힘의 발휘 같은 것은

여자의 천성에 맞지 않는다.

오히려 여자의 일생은 남자의 일생보다 더 조용하고

눈에 잘 띄지 않게 더 평온하게 살아가야 할 것이다.

그러나 본질적으로 남자보다

더 행복하거나 불행한 것은 아니다.

여자는 성인 남자와 어린아이 사이의
중간 단계이다

여자는 그들 자신이 어린아이 같고 유치하여,
우리 일생 가운데 초기인 유년기에 없어서는 안 될
유모나 교사로서 적합하다.
한마디로, 그들은 전 생애를 통해 큰 아이들이요,
엄밀한 의미에서 성인 남자와 아이 사이의
중간 단계인 것이다.
소녀가 하루 종일 어린아이를 귀여워하며
아이와 함께 노래하고 춤추는 것을 보라.
만약 한 남자가 그 소녀의 일을 대신한다면,
아무리 정성껏 한다 해도
그가 무엇을 할 수 있을 것인가를 생각해 보라. .

불안이 절정에 달하는 순간,
다시 인생에 눈을 뜬다

무시무시한 악몽 속에서

불안이 절정에 달했을 그 순간에

바로 불안 자체가 우리의 눈을 다시 뜨게 한다.

깨어나 보면 이제까지 우리를 괴롭혔던

공포의 대상인 밤의 괴물은

모두 사라져 버리고 만다.

이와 같은 일이 인생의 꿈 속에서도 일어난다.

마찬가지로 불안에 대한 걱정이 절정에 달해서

우리는 그 인생의 꿈을 깨뜨려 버린다.

참된 자아에 대하여

인간은 참된 자아와 물질적·사회적 자아를 가지고 살아간다 | 인간의 행복은 자기 자신의 주관에 달려 있다 | 건강한 거지가 병든 제왕보다 행복하다 | 최고의 쾌락도 선천적인 정신력이 있을 때 느낄 수 있다 | 지위보다는 재산을 택하는 것이 일반적이다 | 행운과 불행은 드러난 사실이 아니라, 그것을 느끼는 데 있다 | 운명은 변할 수 있지만 본성은 변하지 않는다 | 잘 웃는 자는 행복하고, 잘 우는 자는 불행하다 | 인생은 운동하는 가운데 영위된다 | 건강한 신체를 보존하라! 모든 것이 기쁨으로 보인다 | 우울한 자는 실패만 생각하고, 쾌활한 자는 성공만 생각한다 | 인생은 번민과 권태 사이를 오가는 진동이다 | 자신의 참된 가치를 발견할 때, 진정한 의미의 행복을 알 수 있다 | 불만이 많은 자는 잃는 것도 많다 | 주위를 가득 에워싸고 있는 아름다움을 놓치지 말라 | 최고의 즐거움은 이지적인 생활에서 비롯된다 | 자유로운 시간만이 자신의 존재 가치를 높인다 | 고뇌에 짓눌린 자들이여, 정신적인 욕구를 가져라 | 과거에 얽매이지 말라. 고통만 커진다 | 비난의 대상임에도 불구하고 절대적인 것은 돈밖에 없다 | 가난을 직접 경험한 사람은 파산을 두려워하지 않는다 | 궁핍과 고뇌로부터 진정한 자유인이 되는 길이다 | 타인의 평가를 통해 자신의 존재 가치를 가늠해서는 안 된다 | 허영심에 눈먼 자들은 남의 기분을 맞추기에 바쁘다 | 인간은 자기 자신 속에서 삶을 영위한다 | 남의 관념 속에서 자신을 발견하는 자는 개성이 빈약한 사람이다 | 인간의 마지막 목표는 타인으로부터 존경받는 것이다 | 저 허영이라는 이름의 미련한 행동을 조심하라 | 타인에게 자신에 대한 존중을 강요하는 것이 곧 허영이다 | 존경받고 싶다면 침묵을 지켜라 | 흐려진 기억력과 판단력은 지위나 직책 때문이다 | 자신의 가치에 대한 타인의 견해가 곧 명예다 | 타인의 호감을 사고 있다는 것은 삶의 대단한 활기이다 | 부정이나 불법으로 자기 이익을 취하는 것만큼 어리석은 일은 없다 | 남을 모욕하는 것은 그 이유를 명확히 댈 수 있을 때의 일이다 | 명예는 소극적이고, 명성은 적극적이다 | 멸시와 무시를 당하는 자들의 혓바닥은 더욱 예리하다 | 행위는 사라지지만 작품은 영원히 남는다 | 불변한 명성은 씨앗에서 자라난 참나무이다 | 뛰어난 인물이 나타나면, 범속한 자들은 두려움에 떤다 | 진정한 행복은 도덕적 성격과 이지적 재능에 있다 | 사들인 허위의 명성은 오직 불안과 번뇌를 불러일으킨다 | 참된 명성은 먼 후일에 자신의 귀에 들린다

인간은 참된 자아와
물질적·사회적 자아를 가지고 살아간다

한번 태어났다가 반드시 죽는

인간의 운명에 차이를 가져오는 것은

다음 세 가지 기본적인 요소에 귀착될 수 있다고 본다.

첫째, 넓은 의미에서 인격이라고 할 수 있는 참된 자아,

둘째, 모든 의미의 소유물에 의한 물질적 자아,

셋째, 명예와 명성의 사회적 자아가 그것이다.

여기서 참된 자아는 물질적 자아나 사회적 자아보다

훨씬 심각하고 본질적인 영향을 준다.

행복의 원인은 외적인 사물에서 비롯된 것이 아니라

오히려 우리들 자신에게서 나오는 것이 더 많은 것이다.

인간의 행복은
자기 자신의 주관에 달려 있다

이 세계는 모든 인간에게 공통된 거처이며,

동시에 개개인이 이 세계를

어떻게 생각하고 있는가에 달려 있다.

인간은 생각의 차이에 따라서

다양한 삶을 살아가게 되어 있다.

주관의 작용에 따라

세상이 빈약하고 재미없고 평범한 것으로도 보이며,

반대로 풍부하고 다채롭고

의미심장한 것으로도 보일 수가 있다.

건강한 거지가
병든 제왕보다 행복하다

평범한 삶이나 죄를 지은 사람이나,
재산가나 권력을 가진 사람이나 가릴 것 없이
언제, 어느 때를 막론하고
이 땅의 모든 사람들의 가장 최고의 행복은
마음속에서 우러나는 것이다.
우리들의 행복과 쾌락에 있어서는
객관적인 것보다도 주관적인 것이
더욱 근본적이고도 결정적인 요소라는 것은
말할 것도 없다.
더구나 건강은 행복 중의 행복으로,
건강한 거지는 병든 제왕보다도 더 행복한 것이다.

최고의 쾌락도
선천적인 정신력이 있을 때 느낄 수 있다

인간은 누구를 막론하고
자기 자신의 개성을 벗어날 수는 없다.
결국 개인이 누리는 행복의 최대 한계는
그들 자신의 개성에 의하여 미리 규정되어 있다.
특히 고상한 높은 쾌락을 맛볼 수 있는지
그 여부는 그들 자신의 정신적 능력에 의해
필연적으로 결정되어 있다.
가장 고상하고 가장 복잡하며,
가장 오래 지속되는 쾌락은
얼마 안 되는 몇몇 사람에게만 허용되는
정신적인 쾌락으로,
이런 쾌락은 주로 그것을 받아들일 만한
어떤 선천적인 정신력이 있어야만 비로소 맛볼 수 있다.

지위보다는
재산을 택하는 것이 일반적이다

명예, 즉 한낱 좋은 평판은 누구나 기대할 수 있지만

지위와 명성은 극히 소수의 선택된 사람들에 한하여

이를 기대할 수 있을 뿐이다.

그 중에서도 명예는 평가하기 어려운 보배로 간주되며,

명성에 이르러서는 인간으로서의 가장 귀중한 것,

소수의 선택자에게만 허용되는 영예의 관으로 생각한다.

그리고 사회적 자아와 물질적 자아의 요소는

서로 상호작용하는 것으로,

"부자가 되라, 그러면 사람들이 받들게 될 것이다."라는

로마 격언은 맞는 말이며, 동시에 자신에 대한

다른 사람의 호감은 그 성질 여하를 막론하고,

어느 정도 자신의 물질적인 소득에

좋은 영향을 미치게 된다.

행운과 불행은 드러난 사실이 아니라, 그것을 느끼는 데 있다

흔히 말하는 행운이나 불운은

실제로 사람이 살아가는 데 부딪히면서 경험하는

사실 자체보다

우리가 그것을 받아들이고 느끼는 것이 더 중요하다.

우리들 자신 속에 깃든 진정한 자기, 진정한 소유,

다시 말해 인격과 그 가치는

우리들의 행복과 안락에 있어서

유일하고 직접적인 요소이며,

그 밖의 모든 것은 단지 간접적인 조건에 지나지 않는다.

그러므로 그 영향력과 효능은

취소하거나 소멸될 수도 있으나,

인격은 취소될 수도, 소멸될 수도 없다.

운명은 변할 수 있지만
본성은 변하지 않는다

아리스토텔레스는 본성은 불변하지만

사물과 재화는 변하게 마련이라고 했다.

외부로부터 일어난 불행은 자기가 초래한 불행보다

견디기 쉽다는 사실도 여기서 나온 것이다.

운명은 변할 가망성이 있지만,

자신의 본성과 선천적인 것은 쉽게 변하지 않는다.

요컨대

고귀한 인격, 비범한 두뇌, 쾌활한 기상, 훌륭한 체격 등은

우리들의 행복을 위한 가장 중요한 것이므로,

외부적인 재물이나 명예를 얻는 것보다

건강한 정신과 건강한 육체를 발달시키는 데

한층 더 힘써야 한다.

잘 웃는 자는 행복하고,
잘 우는 자는 불행하다

어떤 자의 행복과 불행을 판단하는 근거는

젊고, 잘생기고, 부유한자로서

세상 사람들의 존경을 받고 있는 것보다는

그 자신 스스로

실제로 쾌활한 기분을 갖고 있느냐의 여부에 달려 있다.

이것은 지극히 단순한 논리인 것도 같지만,

그 속에는 무시할 수 없는 진리가 숨어 있다.

그러므로 우리는 이 '상쾌'라는 것을 맞아들일 수 있도록

문을 활짝 열어 놓아야 한다.

이 '상쾌'만은 언제 찾아와도 지장이 없는 것이다.

인생은
운동하는 가운데 영위된다

건강은 무엇보다 중요하며,

건강의 나무가 번식하면 저절로 '쾌락'의 꽃이 핀다.

그러기 위해서는 온갖 지나친 무절제와

분노나 걱정 같은 격렬한 감정의 동요와

일체의 정신적 과로를 피해야 한다.

그리고 매일 적어도 한두 시간쯤은

문 밖에서 활발히 운동하는 것이 좋다.

때때로 냉수욕을 할 것,

음식을 잘 섭취할 것 등을 명심할 필요가 있다.

'인생은 운동하는 가운데 영위된다'라는 말이 있다.

우리들의 생존은 운동에 의하여 비롯되고

운동에 의하여 이루어지며,

운동 그 자체를 터전으로 삼고 있는 것이다.

건강한 신체를 보존하라!
모든 것이 기쁨으로 보인다

'인간의 마음을 산란하게 하는 것은

사물이 아니라 사물에 대한 자기의 견해이다.'

그리하여 열 가지 행복 가운데 아홉은 건강에 좌우된다.

건강하기만 하면 모든 것은 기쁨의 원천이며,

반대로 건강하지 못 하면

외부의 어떤 행복도 즐겁지 않을 뿐더러

행복에 대한 그 외의 요소들도 능력이 감퇴하게 된다.

우리가 흔히 인사를 할 때, 우선 건강 여부를 묻는 것도

우리들의 행복에 있어서

건강만큼 중요한 것이 없기 때문이다.

우울한 자는 실패만 생각하고,
쾌활한 자는 성공만 생각한다

어떤 일의 적응 여부가 불확실할 경우,

우울한 사람은 성공할 것을 염두에 두지 않고

실패할 것만 걱정한다.

반대로 쾌활한 사람은 실패할 것은 셈에 넣지 않고

성공만을 즐겨 기대한다.

우울한 성격을 가진 사람은

열에 아홉까지 성취해도 기뻐하지 않고

단지, 나머지 하나의 실패를 유감으로 생각한다.

반면, 쾌활한 성격을 가진 사람은

비록 열에 아홉이 실패로 끝났다 하더라도,

단 한 가지의 성공으로도

자신을 충분히 위로할 수 있다.

인생은 번민과 권태 사이를
오가는 진동이다

인간의 생활을 객관적으로 볼 때,

우리의 행복을 위협하는 것은

번민과 권태라고 말할 수 있다.

인생이란 단지 이 번민과 권태 사이를 왕래하는

강하고 약한 진동이다.

권태에 빠져 있는 사람은 의식이 무미건조하기 때문에

고뇌가 일어나기 쉬우며, 권태의 원천인 공허를 느낀다.

이러한 번민으로부터 벗어나게 하는 것은

무엇보다도 자신의 넉넉한 마음가짐이다.

이것은 정신의 재산으로 그 정도가 크면 클수록

권태가 침입할 여지가 없어진다.

자신의 참된 가치를 발견할 때, 진정한 의미의 행복을 알 수 있다

무사태평한 인간이 자기 자신의
본연의 자리로 되돌아가는 것,
그리하여 자기 안에 깃든
참된 가치를 발견하는 자야말로
행복한 사람으로 간주할 수 있다.
그런데 대부분의 사람들은 얼마 동안 한가해지면,
여전히 타고난 그대로의 목숨이요,
보잘것없는 소인이며, 권태에 얽매인 버러지요,
자기 자신의 무거운 짐에 스스로 시달리는
가련한 속물로 되돌아가고 만다.
그러므로 우리는 참된 자아를 지닌 인간으로서,
순수한 행복을 체득하여
진정한 의미의 독립을 즐기도록 해야 한다.

불만이 많은 자는
잃는 것도 많다

모든 사람에게 최상의 것, 최고의 것은

다름아닌 '자기 자신'이다.

따라서 이를 소유하고

이루어 나가는 것도 또한 자기 자신인 것이다.

그리하여 마침내 이 점에 대하여 성공하면 할수록,

또한 자신의 기쁨과 즐거움의 원천을 찾아내면 낼수록

진정한 의미의 행복을 손에 넣을 수 있다.

그러므로 행복은

자기 스스로 만족하는 자에게만 있다고 하는 것이다.

주위를 가득 에워싸고 있는
아름다움을 놓치지 말라

권리가 있는 곳에는 동시에 의무가 따르게 마련이다.

그러므로 정신적인 기능을 가진 자는

한층 더 공부하고 사색하여 수련을 쌓고,

그에 대한 시간을 얻을 필요가 있다.

참된 필요가 있을 때,

참된 즐거움이 있다는 볼테르의 말은 사실이다.

이 필요 자체가 곧 자기 자신의

쾌락을 가지고 오는 전제 조건이다.

그런데 평범한 사람들은

이러한 고상한 쾌락을 맛볼 만한 자격도 없다.

자연의 아름다움이나 온갖 정신적 산물이 그들의 주위에

산더미 같이 쌓여 있다 하더라도

그 참된 의미를 음미하고 더불어 즐길 수 없다.

최고의 즐거움은
이지적인 생활에서 비롯된다

사실상 우리의 적나라한 생존은

정욕에 사로잡히지 않으면 무미건조하고

아무런 흥미도 없는 권태로운 것이다.

또한 정욕에 사로잡히면 곧 번민이 따르게 마련이다.

인간의 판단력이 의지에 예속되어 있을 경우에는

언제나 번민이 따르게 마련이므로,

행복을 손에 넣기 위해서는

반드시 보통 이상의 지력을 갖고 있어야 한다.

그렇게 되면, 현실적인 생활에서 떠난

이지적인 생활이 비롯되는데,

그것은 색다른 흥미와 끊임없는 즐거움을 제공한다.

자유로운 시간만이
자신의 존재 가치를 높인다

마음의 부자가 외부 세계로부터 필요로 하는 것은

정신력의 발달과 완성을 도모하고,

자기 안에 있는 보배로운 것들을 즐길 수 있는

시간적인 여유이다.

말하자면, 한평생을 통하여

언제나 자기 자신으로서 존재하기 위한

자유로운 시간이 필요할 따름이다.

고금을 막론하고 정신적인 거물들은 모두가

자유로운 시간적 여유에 대하여 커다란 가치를 인정하였다.

왜냐하면, 한 인간이 지닌 가치는

그 인간 자신의 됨됨이에 따라

얼마든지 높아질 수도 있기 때문이다.

고뇌에 짓눌린 자들이여,
정신적인 욕구를 가져라

속물이란

아무런 정신적 욕구를 갖고 있지 않는 자를 말한다.

이러한 유형의 인간들이 지닌 용모나 태도, 행위 등에는

어둡고 아둔하며, 모자라고 고집스런 면이 있다.

이것은 그들이 끊임없이 많은 인생의 고뇌에

짓눌려 있기 때문이다. 그러므로 그들은

무엇에 의하여 참된 즐거움을 누리지 못 하고,

깊은 감동을 느끼지 못 하며,

진정으로 동정을 베풀지도 못한다.

왜냐하면 그들이 누릴 수 있는 모든 쾌락은

곧 사라져 버리며,

속물끼리 교제하는 것은 곧 권태로워지기 때문이다.

과거에 얽매이지 말라.
고통만 커진다

우리가 재물과 안락을 잃었을 경우에도,

그 당시의 고통을 참고 견딘다면

이전과 별로 기분이 다를 것도 없다.

이것은 결국 운명이 소유물의 지수를

대폭적으로 삭감하였기 때문에

우리의 욕구도 그에 따라 삭감되는 것이다.

이와같이 힘든 상황에 처하여

자신의 욕구를 낮춘다는 것은

참기 어려운 고통이다.

그러나 과거의 욕구를 조금만 낮춘다면,

고통은 점점 사라지고

드디어는 전혀 고통을 모르고 살아갈 수 있다.

비난의 대상임에도 불구하고
절대적인 것은 돈밖에 없다

인간의 물질적 욕구가 주로 금전에 쏠리고,

이 세상 무엇보다도 돈을 가장 사랑하는 것은

옛날부터 비난의 대상이 되어 왔다.

그럼에도 불구하고 이 만능의 힘을 소중히 여기는 것은

자연스러운 일인지도 모른다.

그 밖의 소유물은 단지 어떤 한 가지

욕망과 욕구를 충족시켜 준다.

예를 들어, 음식은 건강한 사람들에게 긴요한 것이고,

술은 음주가들이 즐기는 것이며,

약은 환자에게만 소중하고,

모피는 추울 때의 필수품이다.

다시 말해, 이 모든 것은 다만 상대적으로 좋은 것일 뿐

절대적으로 좋은 것은 돈밖에 없다.

왜냐하면, 돈은 어느 한 가지 욕구를

구체적으로 충족시켜 줄 뿐만 아니라

모든 욕구를 추상적으로 충족시켜 주기 때문이다.

가난을 직접 경험한 사람은
파산을 두려워하지 않는다

대체로 엄청난 빈궁을 경험한 사람은

간접적으로 듣고 본 사람보다 파산을 두려워하지 않으며,

따라서 한층 더 헤프다.

직접 경험한 사람은 주로, 어떤 요행이나 재능에 의하여

가난뱅이에서 갑자기 부자가 된 자들이고,

간접 경험한 사람은 부유한 집에서 자라난 자들이다.

본래부터 부유했던 자들은

대체로 앞날에 대한 걱정이 많으며,

따라서 절약가로 변해간다.

재산을 상속받은 자는

그것이 자기에게 없어서는 안 될 것으로 간주하고,

대체로 견실하고 침착하게 검소한 생활을 한다.

궁핍과 고뇌로부터
진정한 자유인이 되는 길이다

재산을 소중히 할 것을 권고한다.

자기 하나 안전하게 살아갈 만한 재산을 갖고 있다는 것은

다시없는 특전이다.

이러한 재산은 인간 생활에 뒤따르는

궁핍과 고뇌를 면하게 하는 것이며,

인간의 피할 길 없는 운명이 되다시피한

저 비천한 부역으로부터 해방되는 것이다.

이 정도로 운명의 은총을 받은 자만이

참된 의미의 자유인이다.

왜냐하면, 이러한 자만이 비로소 독립할 수 있으며,

스스로 자기 시간과 능력에 대한

주권을 행사할 수 있기 때문이다.

타인의 평가를 통해
자신의 존재 가치를 가늠해서는 안 된다

제삼자의 평가 속에 깃들어 있는 우리들의 존재는

대체로 실질적인 가치 이상으로 중요시된다.

냉정히 생각해 보면

그것은 결코 행복 자체와

근본적인 관련이 있는 것이 아니다.

그러므로 제삼자가 호의를 보이거나 조금이라도

자신의 허영심을 자극해 주면

누구나 곧 좋아서 어쩔 줄을 모르는데,

이는 이해하기 곤란할 정도로 무의미한 일이다.

인간도 칭찬을 듣거나 자기의 특기를 인정해 주면,

비록 그것이 한낱 사탕발림이라는 것이

빤히 들여다보여도 흐뭇한 얼굴을 한다.

또 지금 당장 어려운 입장에 놓여 있다 하더라도,

남들이 치켜세워 주기만 하면

그것으로 충분한 위안을 받는 자가 얼마든지 있다.

허영심에 눈먼 자들은
남의 기분을 맞추기에 바쁘다

자신의 허영심이 손상되거나 모욕을 받는다든지

혹은 무시당하거나 멸시를 받으면

불쾌함을 느낄 뿐 아니라

때로는 커다란 고통을 느끼는 것이 보통이다.

인간의 명예욕이 제삼자를 기준으로 하고 있는 이상,

대부분의 사람들은 남의 기분을 존중하여,

스스로의 언행을 조심하게 되므로

사실상 좋은 결과를 가져오기도 한다.

하지만 이런 작용은

자신의 행복을 촉진시키는 것이 아니라

도리어 교란하여 좋지 못한 영향을 미치게 한다.

인간은 자기 자신 속에서
삶을 영위한다

인간은 무엇보다 먼저 자기 자신 속에 '삶'을 영위하며
결코 남의 관념 속에서 살아가는 것이 아니다.
자기 자신으로서의 참된 모습
즉 건강, 기분, 능력, 수입, 처자, 친구, 주택 등이
자기에 대한 제삼자의 당치도 않은 견해보다
훨씬 행복과 불행을 좌우한다는 사실을 생각한다면
반드시 행복을 가져오는 데 도움이 될 것이며,
이와 반대되는 생각을 하면 불행을 초래하게 된다.

남의 관념 속에서 자신을 발견하는 자는
개성이 빈약한 사람이다

자신의 행복을 자기의 '참된 자아'나

'물질적 자아' 속에서 찾지 못하고

이 제삼의 '자아'

즉 남의 관념 속에서 자신을 발견하려는 사람들은

개성이 빈약한 족속이다.

일반적으로 말하면, 우리들의 본질이며

따라서 행복의 근원이 되어 있는 것은

우리들 자신의 동물성이다.

우리들의 행복에 있어서 근본이 되는 것은 건강이며,

다음으로는 생활을 유지할 만한 밑천

즉 의식주에 지장이 없을 정도의 수입이다.

인간의 마지막 목표는
타인으로부터 존경받는 것이다

모든 인간이 언제나 요망하는 최후의 목표는

남들로부터 보다 많은 존경을 받으려는 것에

지나지 않는다.

이 사실이야말로 인간의 아둔한 뿌리가

얼마나 깊이 박혀 있는가를 입증하고 있다.

'인정받지 못한 박학은 한낱 장식물이니라.'

그리하여 자기에 대한 타인의 견해를 과대 평가하는 것은

예로부터 성행해 온 일반적 미신으로서,

그것이 비록 우리들의 성품에서 비롯된 것이건

아니면 사회의 진화와 문명의 발달에 기인한 것이건

모두가 인간의 활동에 부자연스럽고

격에 맞지 않는 것이며

인간의 행복에 해롭고 불리한 영향을 미치게 한다.

저 허영이라는 이름의
미련한 행동을 조심하라

대부분의 사람들은 자기보다 남에게 의존하여,
자신의 의식 속에 실재하는 것보다
남의 의식 속에 있는 것을 더 소중히 여긴다.
따라서 자연스러운 올바른 이치를 벗어나,
제삼자의 견해에 참된 가치를 부여하고,
자기 자신에 대해서는 이를 전적으로 무시한다.
때문에 남의 두뇌에 맴도는 환상으로
자신의 실체보다 더 큰 권위가 있는 것으로 간주하고,
간접적인 가치와 직접적인 가치를 혼돈한다.
이것은 다름아닌 저 허영이라는 이름의 미련한 행동으로서,
구두쇠의 탐욕과 같이 수단을 위해 목적을 저버린
가장 못난 짓이다.

타인에게 자신에 대한 존중을 강요하는 것이 곧 허영이다

세계적인 유전병의 세 가지 증상은

명예욕과 허영과 자부심인데,

그 중에서 허영과 자부심 사이에는 약간의 차이가 있다.

자부심은 자기에 대한 확고한 자신감이며,

허영은 제삼자에게 이와 같은 신념을

갖게 하려는 의도인데,

대체로 이에 성공하고 나면, 스스로도 자신에 대해

이러한 신념을 갖고 싶다는

은밀한 희망이 수반되게 마련이다.

그러므로 자부심은

자기 자신으로부터 비롯되는 직접적인 자기 존중이며,

이것을 외부로부터 간접적으로 손에 넣으려는 것이

곧 허영이다.

존경받고 싶다면
침묵을 지켜라

허영은 말이 많으며, 자부심은 말이 적다.

그런데 언제나 말이 많은 것보다 침묵을 지키는 것이

한층 더 손쉽게 다른 삶들의 존경을 받게 되므로,

허영심이 많은 사람들은 이 사실을 깨달아야 할 것이다.

그리고 자부하려는 생각만으로는

단지 그럴싸하게 보일 따름이다.

그러므로 그릇된 일시적인 존대는,

얼마 안 가 무너져 버리고 마는 것이다.

왜냐하면, 참된 자부심은 오직 자기의 장점과

뛰어난 가치에 대한 움직일 수 없는

확신에 의해서만 이루어지기 때문이다.

흐려진 기억력과 판단력은
지위나 직책 때문이다

지위나 훈장은 대다수의 속물 근성을 가진 자들에게

아무리 대단한 것처럼 보이더라도

행복의 요건으로서는 단순한 것이다.

지위의 가치는 사회제도와 관례에 의거하며,

좀 더 구체적으로 말하면 하나의 허수아비에 지나지 않는다.

따라서 거기에 대한 세상 사람들의 존경도

표면적인 것으로서,

지위의 고하도 결국 대중을 상대로 하는

값싼 연극에 지나지 않는다.

자신의 가치에 대한
타인의 견해가 곧 명예다

명예에 대한 이야기는

지위에 대한 것보다 훨씬 더 어렵고 복잡하다.

먼저, 정의를 내려야 하겠는데,

만일 '명예란 외부의 양심이고,

양심은 내부의 명예'라고 한다면,

많은 사람들이 긍정할지 모른다.

그러나 그것은 명확한 정의는 못 된다.

'명예란 객관적으로는 우리들의 가치에 대한

제삼자의 견해이며,

주관적으로는 제삼자의 견해에 대한

우리들의 두려움이다'라고 말할 수 있다.

타인의 호감을 사고 있다는 것은
삶의 대단한 활기이다

인간이 스스로 아무런 죄가 없다는 것을 알고 있어도

어떤 동기에 의하여 갑자기 남의 호의를 상실하였을 때나,

일시적으로 짊어진 의무에 대한 실수를

남이 알게 되었을 때,

곧 얼굴을 붉히는 것은

바로 명예심이나 수치심이 있기 때문이다.

남들의 호감을 사고 있다는 확신만큼

삶에 활기를 북돋아주는 것은 없다.

왜냐하면, 남들의 자기에 대한 호감은

은연중에 협조를 기약할 수 있으며,

자기 혼자만의 힘보다 다수의 힘이 인생의 재난에 대하여

훨씬 더 큰 의지가 되기 때문이다.

부정이나 불법으로 자기 이익을 취하는 것만큼 어리석은 일은 없다

인간과 인간의 관계는 매우 복잡하기 때문에
명예도 여러 가지 종류가 있다.
그 가운데 가장 범위가 넓은 것이 개인으로서의 명예이다.
각자는 타인의 권리를 존중하여, 결코 부정이나 불법으로
자기만의 이익을 취해서는 안 된다는 것이 그 전제다.
명예를 지켜나가는 것이 평화로운 사회생활에 참여하는
유일한 생활 조건이므로, 한 번이라도 다른 사람 앞에서
이러한 사회적인 묵계를 파기하는 행동을 한다거나,
법률상 정당한 형벌을 받거나 하면
자신의 명예는 영원히 상실되고 만다.

남을 모욕하는 것은
그 이유를 명확히 댈 수 있을 때의 일이다

남을 모욕하는 사람은

사실상 그럴 만한 이유가 없는 것이 보통이다.

왜냐하면, 만약 상대방에 대하여

모욕을 할 만한 이유가 충분히 있다면,

이런 이유를 지적하는 데 그치고,

그 단정은 듣는 사람들에게 맡겨야 할 텐데,

단정만을 내리고 이유를 명시하지 않기 때문이다.

요컨대 그들은 남들이 이러한 전제를

편의상 생략하는 것으로 간주하리라 추측하여,

거기에 의지하고 있는 것이다.

명예는 소극적이고,
명성은 적극적이다

명예는 소극적인 반면, 명성은 적극적인 것이다.

즉, 명예는 특수한 인간에게서만 찾아볼 수 있는

뛰어난 성격으로 인하여 얻게 되는 것이 아니다.

한 인간으로서 누구나 갖고 있지 않으면 안 되는 성격,

즉 개인으로서의 필수 조건이라고

인정하는 성격에 기인한 것이다.

따라서 명예는 일반적인 것을 나타내며,

명성은 특수한 것을 표시한다.

명성은 뛰어난 일인자로서 획득하는 것이며,

명예는 이것을 잃지 않도록 명심한 끝에

이윽고 손에 넣는 것이다.

멸시와 무시를 당하는 자들의
혓바닥은 더욱 예리하다

아무리 올바른 성품과 깨끗한 심성을 가지고 있더라도,

누가 한번 뜻하지 않은 모욕을 하기만 하면,

단지 그 하나의 이유로

순식간에 그의 명예는 손상되고 만다.

그리고 이러한 무모한 모욕을 곧잘 감행하는 것은

언제나 쓸개 빠진 족들이다.

왜냐하면, 스스로 멸시와 무시를 당하는 자일수록

그 혓바닥은 예리하기 때문이다.

이러한 자들일수록 가장 뛰어난 자들에 대하여

거센 반항을 하고 싶어한다.

왜냐하면 우수한 자의 장점은

열등한 자의 분노를 사기 때문이다.

행위는 사라지지만
작품은 영원히 남는다

명예에 적합한 것은 위대한 용기이며,

명성에 필요한 것은 우수한 두뇌이다.

그리고 이 두 가지 길에는 일장일단이 있다.

양자의 차이는 '행위'는 없어지는 반면,

'작품'은 존속된다는 이치와 같다.

가장 고귀한 행위도 그 영향은 일시적인 것에 불과하지만,

천재적인 작품은 모든 시대를 통하여

세상 사람들의 마음 속에 영원히 살아 있다는 점이다.

또한 행위는 단순히 기억에 남을 따름이며,

작품은 그 자체에 불멸의 생명을 지니고 있는 것이다.

불변한 명성은
씨앗에서 자라난 참나무이다

흡사 훌륭한 위인들이 뒤늦게 이름을 얻는 것처럼
영원한 생명을 지닌 것일수록 서서히 나타난다.
만고에 불변한 명성은
조그마한 씨앗에서 점차로 자라난 참나무이며,
일시적인 명성은 성장률이 빠른 일년초,
그리고 그릇된 명성은 잡초처럼 싹트기도 쉽지만
뽑히는 것도 빠르다.

.뛰어난 인물이 나타나면,
범속한 자들은 두려움에 떤다

뛰어난 인물이 나타나면

곧, 범속한 무리들이 공모하여 앞길을 가로막고,

될 수 있으면 그 참된 가치를 짓밟아 버린다.

더구나 이들뿐만 아니라, 스스로 이렇다할 진가를 지니고

일찍이 이에 어울리는 명성을 얻은 자들까지도

새로운 명성을 지닌 제삼자가 나타날 때에는

방해 공작을 한다.

이것은 물론 그로 인하여 자신의 명성이 감퇴되는 것이

두렵고 수치스럽다고 생각하기 때문이다.

진정한 행복은
도덕적 성격과 이지적 재능에 있다

우리들의 참된 행복은 결코 명성이 아니라

명성을 낳은 우리들의 진가, 좀더 정확히 말하면,

명성의 근원이 되는 도덕적 성격과 이지적 재능에 있다.

왜냐하면, 우리들에게 가장 행복한 부분은

필연적으로 우리들 자신 속에 깃들어 있으며,

우리들 자신에 속해 있다.

단지 타인의 뇌리에 비친 견해에 의존하는 것은

하나의 덤이요, 부록이며 우리 자신에 대하여

오직 종속적인 관계를 갖고 있을 따름이다.

사들인 허위의 명성은
오직 불안과 번뇌를 불러일으킨다

세상 사람들의 찬양만을 중요시한다면,

그가 지닌 찬양의 대상은

찬양할 아무런 가치도 없는 것이니,

예컨대 허위의 명성, 사들인 명성이 그것이다.

이런 명성을 지닌 자는 오직 그것만을 되씹는

꼭두각시 같은 명성을 누리고 있을 뿐이며,

동시에 이러한 명성은 오직 불안과 번뇌를 불러일으킨다.

즉, 아무리 커다란 자부심과 자존심을 갖고 있다 하더라도,

자기의 힘으로는 엄두도 못낼 높은 곳에 있으므로,

때로는 정신적인 현기증을 일으키는 법이다.

참된 명성은
먼 후일에 자신의 귀에 들린다

순수하고 참된 명성은 후일에 실현되어

본인의 귀에 들어가지도 않는 것이 보통이지만,

이러한 사람의 행복을 의심할 자는 아무도 없다.

그의 행복은 그로 하여금 이러한 명성을 낳게 한

뛰어난 성품과 재능에 있었으며, 이를 발전시킬

기회와 이유를 갖고 태어난 본성대로 삶을 영위하여,

기꺼이 자기 일에 종사할 수 있었던 것이다.

왜냐하면, 이런 뛰어난 천부적인 재질과

특수한 상황에서 이룩된 업적만이

그로 하여금 불후의 명성을 낳게 하였기 때문이다.

배움에 대하여

작은 것에 얽매이면 큰 것을 놓친다 | 지적인 자가 원하는 것은 쾌락이 아니라, 고통이 없는 상태이다 | 운명만이 우리 자신에 대한 절대적인 권리를 갖고 있다 | 즐거움은 일상 속에서 천천히 다가온다 | 사소한 걱정을 하는 자는 아직 커다란 불행이 닥치지 않은 것이다 | 인간은 자신의 한평생에 대하여 너무나 엄청난 설계를 한다 | 우환과 사고를 만나고 나서야 비로소 후회한다 | 시야가 넓어지면 걱정도, 욕구도 함께 증가한다 | 지나친 지적 활동은 실생활에 혼란을 야기시킨다 | 중간 점검은 미래의 행복을 앞당긴다 | 행복은 자신에게 만족하는 사람에게만 있다 | 고독에 익숙해져라, 그리고 고독을 사랑하라 | 남들과 비교하지 말라, 절대로 행복할 수 없다 | 인간이 탐지할 수 없는 일이 있다. 항상 경계하라 | 변명하지 말라, 징벌이 없이 현명할 수는 없다 | 지나친 상상력은 자제하는 것이 좋다 | 지금 자신이 가진 것이 가장 소중한 것이다 | 자신의 처지에 어울리는 목표가 최상이다 | 극도의 정지 상태는 무서운 권태를 초래한다 | 명확한 관념에 의한 판단으로 움직여야 한다 | 지나친 수면은 시간 낭비에 불과하다 | 친밀감이나 증오감은 놀랄 만큼 빨리 전달된다 | 한순간이라도 자신의 존재를 확인하지 않으면 불안하다 | 적당히 냉담한 태도로 평정을 유지하라 | 탁월한 재능을 가진 자는 그것을 자랑하지 않는다 | 허식은 오래 지속되지 않는다 | 인간을 가장 기쁘게 하는 것은 가까운 친구의 커다란 불행이다 | 타인은 곧 자신을 비추는 거울이다 | 인간을 가장 기쁘게 하는 것은 가까운 친구의 커다란 불행이다 | 자신의 재능을 자랑하는 자는 풋내기에 지나지 않는다 | 두 사람이 동시에 같은 일을 해도 그 평가는 다르다 | 모든 열의나 열중은 의지에서 비롯된다 | 자만하지 말라, 남들은 자화자찬이라 말한다 | 상대방을 읽을 줄 알아야 나를 들키지 않는다 | 인간의 성격은 일정하고 불변한 것이다 | 분노를 자제하라, 격정된 분노는 천박하다 | 말에 대한 해석은 듣는 자들의 몫이다 | 어떤 경우라도, 그 정반대의 사태를 예상하라 | 사람들은 대개 기왕에 일어난 일에서 해답을 찾는다 | 인간에게는 다만 현재만이 있을 뿐이다 | 인간이 얻을 수 있는 소망은 아주 작다. 그러나 재앙은 무수하다 | 배려는 손해를 막고, 관용은 싸움을 막는다 | 참다운 우정은 친구와 한몸이 되는 것이다 | 이기심과 허영심은 타인에게 일을 맡길 때도 나타난다 | 면전에서 반박하거나 교정하려 하지 말라

작은 것에 얽매이면
큰 것을 놓친다

몸에 조그마한 상처가 나거나 통증이 있으면,
건강한 몸 전체에 대해서는 조금도 달갑게 여기지 않고,
오직 그 환부의 고통만이 마음에 걸려
삶에 대한 즐거움을 느끼지 못하게 된다.
또한 우리들의 사업이 순조롭게 진행되어도
오직 한 가지만 뜻대로 되지 않으면,
비록 사소한 일이라도 그것만이 걱정되고,
원만히 진행되는 보다 중요한 모든 일이 거의 잊혀진다.

지적인 자가 원하는 것은 쾌락이 아니라, 고통이 없는 상태이다

인생이라는 고뇌로 충만된 곳을

즐거운 장소로 만들려는 것은 터무니없는 생각이다.

쾌락과 기쁨을 목적으로 하지 말고,

될 수 있는 대로 다만 고통이 없기를 원해야 하는데,

대부분의 사람들은 스스로 그 반대편을 택한다.

운명만이 우리 자신에 대한
절대적인 권리를 갖고 있다

우리는 행복과 쾌락에 대한

헛된 욕망과 기대에 가득 차서 세상에 태어나지만,

얼마 안 가서 '운명'에 의하여

모든 계획이 허사로 돌아가는 것을 발견한다.

당치 않는 박해를 받아

이 세상의 어느 하나도 우리의 소유가 아니며,

모든 것이 운명의 손에 있다고 깨닫게 된다.

이 '운명'이야말로 우리들의 소유물,

아니 우리들의 육체에 대해서도

절대적인 권리를 갖고 있다.

즐거움은 일상 속에서
천천히 다가온다

즐거움이란 초대장이나 안내장 없이,

허례를 차리지 않고 몰래 스며드는 것이 보통이다.

화려하고 굉장한 회합이나 의식을 좇아오는 경우란

극히 드물다.

대개는 사소한 이유로 일상 생활에 흔히 있는

환경 속에서 스스로 나타나는 것이다.

그것은 또한 금덩어리처럼

우연의 손에 의하여 흩어지게 되어,

일정한 장소도 없이 커다란 덩어리로 있는 것은

극히 드물다.

이 즐거움은 대체로 조금씩 발견된다.

사소한 걱정을 하는 자는
아직 커다란 불행이 닥치지 않은 것이다

어떤 인간이 누리고 있는 행복이

어느 정도인가를 측정하려면,

즐거움보다도 우환이 되어 있는 것을 살펴보아야 한다.

왜냐하면 우환의 근원이 사소하면 사소할수록

당사자의 행복은 큰 것이기 때문이다.

다시 말하면, 사소한 일에 대하며 한탄하는 것은

필경 어느 정도의 행복을 누리기 때문이며,

큰 불행이 닥쳐오면 사소한 걱정은

거들떠볼 여념이 없는 것이다.

인간은 자신의 한평생에 대하여
너무나 엄청난 설계를 한다

물욕을 토대로 한 광대한 터전 위에

일생의 행복을 이룩하려는 것은 무엇보다도 삼가야 한다.

자기 자신의 능력과 자력에 따라, 될 수 있는 대로

욕구를 억제하는 것이 뜻하지 않은 불행을 피하는

가장 확실한 방법이다.

우리가 저지르기 쉬운 가장 큰 잘못은

자기의 한평생에 대하여

너무나 엄청난 설계를 하는 일이다.

인간으로 태어난 이상,

이것저것 성취하고 싶다는 것이 저마다의 소망이지만,

이러한 것은 아주 특별한 경우를 제외하고는

절대로 실현되지 않는다.

모든 계획은 그것을 실현하는 데

예상보다 더 많은 시간을 필요로 한다.

그리고 실패가 생기기 쉬우며,

이를 완성하기란 매우 드문 일이기 때문이다.

우환과 사고를 만나고 나서야
비로소 후회한다

실제로 우리는 마음이 편하고 건강할 때에는

거의 아무런 생각도 없이 그 날 그 날을 보내고,

우환과 사고가 있을 때에 비로소 지난 날을 추억한다.

수없이 많은 시간 동안에는

이를 즐기려 들지 않고 항상 불만을 갖고 지내며,

우울하고 불쾌한 날을 맞이하고서야 부질없는 후회를 하고,

쓸데없는 탄식을 하게 마련이다.

그러므로 우리는 하나하나의 무사한 현재,

일상적인 평범한 현재라도

결코 냉대하고 무심하게 보내지 말아야 한다.

시야가 넓어지면 걱정도,
욕구도 함께 증가한다

우리를 행복하게 하는 것은

모든 사소한 일을 지키는 데 있다.

우리들은 그 시야가 좁으면 좁을수록,

또 행위의 접촉 범위가

작으면 작을수록 더 많은 행복을 누릴 수 있다.

반대로 그 범위가 넓어지면

그만큼 걱정과 욕구가 증가한다.

그러므로 장님이라 할지라도

우리가 단순히 생각하는 것처럼

그렇게 불행하지는 않으며,

이 사실은 그들의 저 고요하고도 오히려 명랑하기까지 한

그 용모를 보아도 알 수 있다.

지나친 지적 활동은
실생활에 혼란을 야기시킨다

행복과 불행은 결국

마음을 움직이는 것이 무엇이냐에 달려 있다.

모든 생활은 동요와 노고의 연속,

성공과 실패의 교체에 지나지 않으므로,

순수하고 지적인 생활은 훨씬 우리를 행복하게 한다.

그러나 지적인 생활을 감당하고 이를 즐기려면

비범한 정신적 소양을 지녀야 한다.

그리고 외부 세계를 상대하는 활동적인 생활이

학구적인 태도나 사색에서 떠나게 해야 한다.

정신적인 안정과 자신에 대한 충실을 빼앗아가는 것처럼

지나치게 지적 활동만 계속하면

점차로 실생활의 혼란을 감당할 수 없게 된다.

중간 점검은
미래의 행복을 앞당긴다

총명하고 침착한 마음을 기르기 위해서나,

자기의 경험을 통하여 여러 가지 교훈을 얻기 위해서도,

가끔 지난 날을 돌이켜보라.

일찍이 자기가 보고, 듣고, 실행하고 실험한 것과

이에 수반된 그 당시의 정신 상태를 종합적으로

반성해 볼 필요가 있다.

모든 사물에 대한 자기의 판단이

과거와 현재에 어떻게 변하였는가를 비교하면서,

종전의 목적과 노력을 현재의 결과와 처지에

견주어 보는 것이 중요하다.

행복은
자신에게 만족하는 사람에게만 있다

자기에게 만족하고 자신을 만물의 척도로 생각하며

"나는 모든 소유물을 나의 마음 속에 갖고 있다"고

말할 수 있다면

행복을 얻는 가장 큰 자격을 가진 자이다.

아리스토텔레스가

"행복은 자기에게 만족하는 사람에게만 있다"고 말한 것은

우리가 주야로 명심해야 할 명언이다.

왜냐하면 우리가 이 세상에서 어느 정도의 확신을 갖고,

유지할 수 있는 것은 다만 자기 자신뿐이며,

타인과의 교제나 접촉은 반드시 허다한 혐오와 손실과

위험을 주기 때문이다.

고독에 익숙해져라,
그리고 고독을 사랑하라

고독한 생활에 수반되는 모든 손실은

미리 대책을 강구할 수 있지만,

사교적인 생활은 기만과 사기에 충만하여,

유흥이나 쾌락의 이면에는 영원히 회복할 수 없는

엄청난 위해가 때때로 숨어 있다.

그러므로 청년 시절부터 고독만이 참된 행복과

안정을 부여하는 것임을 깨닫고,

고독을 사랑하고 고독을 감당하는 법을 배워 두는 것이

가장 중요하다.

남들과 비교하지 말라,
절대로 행복할 수 없다

살아 숨쉬는 인간 누구에게나 질투심은 있다.

인간으로서 질투심을 느낀다는 것은

지극히 자연스러운 것이지만,

또한 부도덕할 뿐더러 불행도 겸한 것이다.

그러므로 우리는 질투를 행복의 적으로 알고

짓밟아 버리지 않으면 안 된다.

'자기의 소유에 만족하여 이를 즐기려면,

남들과 비교하지 말라.

자기보다 나은 자의 행복을 부러워하여 배를 앓는 사람은

절대로 행복할 수 없다'.

자기보다 나은 자가 얼마나 많은가 생각하지 말고,

자기보다 못한 자가 얼마나 많은가를 생각해 보라.

인간이 탐지할 수 없는 일이 있다.
항상 경계하라

모든 계획은 실천에 옮기기 전에 심사 숙고해야 한다.

그렇게 해도 인간의 지혜는 불충분하기 때문에

도저히 예견할 수 없는 일이 숨어 있어,

모든 계획이 수포로 돌아가는 수가 있다는 점을

염두에 두어야 한다.

그렇게 되면 저울의 한 쪽에는 희망을,

한 쪽에는 경계를 달아 놓게 된다.

그리하여 일을 시작할 때는

'평지에 풍파를 일으키지 말라'는 교훈을 살릴 수 있다.

그러나 일단 결단을 내려 일에 착수하고, 일을 진행시켜

그 결과를 기다리는 마당에서는

지난 일을 다시 돌아보거나

미리 위험을 예측하고 걱정할 필요는 없다.

변명하지 말라,
징벌이 없이 현명할 수는 없다

우리는 자기의 잘못을 변명하거나 두둔하지 않으면,

사소한 실수로 간주하는 것이 보통이다.

이런 것은 자신 앞에 깨끗이 고백하고,

그 책임의 소재를 밝히는 동시에

앞으로 다시 그런 일을 저지르지 않도록

마음을 굳게 다짐해야 한다.

물론 이 때, 스스로 자기에게 내리는

유죄 선고에 대한 괴로움을 달게 받아야 한다.

징벌을 모르는 사람은 결코 현명할 수도 없다.

지나친 상상력은
자제하는 것이 좋다

닥쳐올 불행에 대하여

자기의 상상력을 경주하는 것을 억제할 필요가 있다.

우선 상상력으로 하여금 공중누각을 쌓게 해서는 안 된다.

무엇보다도 삼가야 하는 것은,

여러 가지 불행을 가상적으로 상상해서

미리 걱정하는 일이다.

자신이 처한 재앙이 상상의 산물일 때에는

속히 꿈에서 깨어나 모든 것이 환영이었음을 깨닫고,

평온한 현실을 더욱더 즐길 수 있어야 한다.

동시에, 만일의 불행에 대한 경계심을 기르게도 되지만,

지나치게 앞선 상상력은 간접적인 이득보다

직접적인 손실이 더 많다.

지금 자신이 가진 것이
가장 소중한 것이다

인간은 자신이 소유하고 있지 않은 것을 보면
흔히 '저것이 내 것이었으면' 하고 부러워한다.
이러한 생각은 자신의 '부족'함에 대한
괴로움을 느끼게 하므로,
오히려 우리는 스스로 '이것이 내 것이 아니었다면' 하고
자문하는 것이 옳다.
현재 손에 넣고 있는 소유물이 상실되었을 경우를
생각해 볼 필요가 있다.
즉, 재물, 건강, 친구, 애인, 자식, 강아지, 등등
자신의 온갖 소유물이 없어진다면
어떻게 될 것인가를 생각해 보라.

자신의 처지에 어울리는 목표가
최상이다

언제나 자신의 처지에 어울리는 소망을
목표로 삼아야 한다.
끓어오르는 욕구를 조절하고
참을 수 없는 분노를 억제할 줄 알아야 한다.
이런 것들은 우리에게 극히 사소한 소득을 줄 뿐이고,
여러 가지 재앙을 가져다 주게 마련이다.
따라서 절제하고 근신하는 것이 이 처세법의 요점이며,
이를 제외하고는 아무리 큰 재화나 권력을 갖고 있어도
수치심과 불만을 면하지 못한다.

극도의 정지 상태는
무서운 권태를 초래한다

인간은 육체적인 생명이 끊임없이 운동하는 가운데,

정신적인 생명도 그 행위나 사고에 의하여

부단한 활동을 요구하는 것이다.

인간이 아무 일도 하지 않으면,

무심코 손가락 마디를 소리 내거나,

주변의 물건을 매만지는 것도 그 증거이다.

인간의 존재는 원래가 동적이므로

극도의 정지 상태는

무서운 권태를 초래하여 감당할 수 없게 된다.

그러나 이 활동적인 본능을 질서 있게,

따라서 가장 유효하게 만족시키려면

적당한 절제가 필요하다.

명확한 관념에 의한 판단으로
움직여야 한다

인간을 움직이게 하는 것은 명확한 관념이라야 하며,

결코 상상에서 온 환영이어서는 안 된다.

그러나 대체로 이와는 정반대되는 현상이 일어난다.

엄밀히 관찰하면, 우리들이 최종적으로 결단을 내리는 것은

관념이나 판단력이 아니라 상상에서 비롯된 환영이며,

거의 언제나 이 두 가지의 어느 한 쪽에 대치되어 있다.

지나친 수면은
시간 낭비에 불과하다

기억해야 할 일은, 두뇌를 쉬게 하기 위해서는

충분한 수면을 취해야 한다는 것이다.

수면이 몸에 끼치는 영향은 시계의 태엽을 감는 것과 같다.

그리하여 두뇌가 발달하면 할수록,

또 그 활동이 빈번할수록 수면량도 많아져야 한다.

그러나 지나치게 오래 자는 것은

그 '길이'에서 얻은 것을 '깊이'에서 잃어버리게 되어 결국,

소중한 시간만 낭비하는 꼴이 된다.

친밀감이나 증오감은
놀랄 만큼 빨리 전달된다

정신적으로, 성격적으로 서로 유사하거나

이와 반대로, 전혀 다른 사람은

몇 마디 말만 주고받아도 쉽게 상대방을 알게 된다.

그리하여 사소한 점에서부터

서로 친하기도 하고 미워하기도 한다.

그런데 그 친밀감이나 증오감은 가히 놀라울 정도이다.

그러므로 본질적으로 상이한 사람들이 대면하면,

이야기는 피차에 전혀 뜻도 통하지 않고 관련성도 없다.

또한 유사한 사람들끼리는 모든 면에서 곧 화목해진다.

한순간이라도
자신의 존재를 확인하지 않으면 불안하다

유일하게 존중할 수 있는 사람의 유형이 있다.

무엇을 기다릴 때,

또는 당장 이렇다 할 아무런 일도 갖고 있지 않을 때,

지팡이나 나이프, 스푼이나 그 밖의 무엇이든

가까이 있는 것을 만지작거리거나,

혹은 박자에 따라 소리를 내거나 하지 않는 사람,

즉 그 동안에 무엇이고 생각하는 사람이다.

이와는 반대로 대다수의 사람들은 생각하기 보다는,

보는 것을 위주로 하기 때문에

조금이라도 외부 세계의 자극이 없이는 참지 못 한다.

그들은 무엇이고 매만지거나 소리를 내어

그것으로 자신의 존재를 느끼려고 한다.

적당히 냉담한 태도로
평정을 유지하라

누구나 상대를 너그럽게 대하면 버릇이 없어지는데,

이 점은 어른도 아이들과 마찬가지로 예외일 수 없다.

그러므로 상대에 대해서도

지나치게 관대하거나 다정하여서는 안 된다.

돈을 꾸어 주지 않았기 때문에 친구를 잃은 예는 없지만,

돈을 꾸어 준 것이 화근이 되어

사이가 나빠지는 것은 가끔 일어나는 일이다.

존대하고 냉담한 태도를 취함으로써

친구를 잃은 예는 드물지만,

너무 친절을 베푸는 것은 상대방을 버릇없게 하여,

주체하기 어려우므로

그것이 원인이 되어 헤어지는 수가 가끔 있다.

탁월한 재능을 가진 자는
그것을 자랑하지 않는다

우리는 무엇보다도 모든 허식을 삼가야 한다.

그것이 언제나 천시되는 것은 첫째로, 그것이 거짓이고

자기의 무능에 대한 두려움에서 비롯된 비열한 행위이며,

둘째로 자기를 자기 이상으로 보이려는

자기 탄핵이기 때문이다.

어떤 성격이나 재능을 속이고

이를 자랑하고 우쭐대는 것은

자신이 그러한 성격이나 재능을

갖고 있지 않다는 사실을 자백하는 것과 같다.

따라서 용기, 학식, 재능, 여자, 재산, 지위

이 밖에 무엇이라도

그것을 코에 거는 자가 있다면

그에겐 바로 자랑삼는 그것이 결핍되어 있다고

단정하여도 좋다.

정말로 어떤 탁월한 점이나 뛰어난 면을

소유하고 있는 자라면

스스로 만족할 뿐 그것을 자랑할 필요가 없다.

허식은
오래 지속되지 않는다

허식은 엷은 린네르 천에 가려진 알몸과 같아서
자신은 몸을 감쌌다고 생각하지만
전부 노출되어 있는 것처럼,
그 내용은 여하간에 거짓을 꾸미고 있다는 것만은
손쉽게 간파되는 법이다.
따라서 아무리 교묘한 허식이라 할지라도
결코 언제까지나 지속되는 것이 아니며,
그 가면은 저절로 벗겨지고 만다.
'누구나 언제까지고 가면을 쓸 수는 없다.
모든 허식은 곧 그 정체를 나타낸다.'

인간을 가장 기쁘게 하는 것은
가까운 친구의 커다란 불행이다

우리는 자기의 가장 친한 친구의 불행에 대해서도
가끔 일종의 기쁨을 느낀다.
따라서 흔히 친구들은 이런 경우에
한가닥 기꺼운 미소를 금하지 못하는 법이다.
아니 인간을 가장 기쁘게 하는 것 중의 하나가
최근에 일어난 친구의 커다란 불행이나
그 약점을 고백하는 소리를 듣는 것이다.
이것이 인간의 특징이다.

타인은 곧
자신을 비추는 거울이다

눈의 가장 가까운 거리에 있는

속눈썹을 헤아릴 수 없는 것처럼,

인간은 자기의 결점이나 불의를 인정하지 못 하고

남의 결점만이 눈에 띄는 법이다.

그것은 마치 개가 거울 속에서 비친 자기를

남으로 간주하는 것과 같다.

그러나 사실상 남은 자기의 거울이며,

이 거울에 의해서만 자기의 모든 부정, 결함,

악습 및 죄악을 분명히 느끼게 되는 것이다.

남을 비난하고 공격하는 것은

동시에 자기를 힐난하는 것도 된다.

그러므로 밖에 나타나는 남의 모든 행동에 대하여

엄밀하고 냉혹한 비판을

마음 속으로 하는 버릇이 있는 사람은

간접적으로 자기 결함을 시정할 수 있다.

왜냐하면 그들이 비난하고 공격하는 점에 대해서는

자기도 그것을 기피하려는 도의심이나

적어도 자존심을 갖고 있기 때문이다.

인간을 가장 기쁘게 하는 것은
가까운 친구의 커다란 불행이다

우리는 자기의 가장 친한 친구의 불행에 대해서도

가끔 일종의 기쁨을 느낀다.

따라서 흔히 친구들은 이런 경우에

한가닥 기꺼운 미소를 금하지 못하는 법이다.

아니 인간을 가장 기쁘게 하는 것 중의 하나가

최근에 일어난 친구의 커다란 불행이나

그 약점을 고백하는 소리를 듣는 것이다.

이것이 인간의 특징이다.

자신의 재능을 자랑하는 자는
풋내기에 지나지 않는다

만일 자신의 재능을 마음껏 발휘하는 것이

세상 사람들에게 아낌을 받는 근원이라고

생각하는 자가 있다면

그 사람은 한낱 어리석은 풋내기에 지나지 않는다.

게다가 대다수의 사람들은

남의 재능을 목격하면 증오나 원한을 갖게 된다.

그들이 상대방의 재능에 트집을 잡을 수 없으면 없을수록

그리고 애써 그것을 묵살하려고 하면 할수록

심각해지고 열렬해진다.

두 사람이 동시에 같은 일을 해도
그 평가는 다르다

자신의 모든 행위에 대해서는

결코 제삼자를 본보기로 할 일이 아니다.

왜냐하면, 나와 남은 처해 있는 상황이나

환경 및 사회적인 관계도 동일하지 않으며

또한 성격도 다를 뿐만 아니라

행위의 성질도 다르게 마련이다.

'두 사람이 같은 일을 하여도

그것은 결코 한결 같지 않다'고

할 수 있기 때문이다.

그러므로 처세에 있어서 사리를 분명히 판단하는 동시에

어디까지나 자기의 본성에 따르는 것이 현명한 방법이다.

또한 독창성을 발휘하는 것은

일상 생활에서도 필요한 것이다.

모든 열의나 열중은
의지에서 비롯된다

타인에게 자신의 뜻을 관철시키고자 할 경우,

어디까지나 진실하고 냉정한 태도로

설명하지 않으면 안 된다.

왜냐하면 모든 열의나 열중은 '의지'에서 비롯되며

'지성'의 본질은 냉정이므로,

자기의 의견을 말할 때에 감정적인 열성을 보이면

세상 사람들은 그것을 지성보다

의지의 소치라고 생각하기 때문이다.

다시 말하면 인간에게 중요한 것은 의지이며,

지성은 이차적이고 부수적인 것이므로

그들은 참된 의견이 의지의 흥분을 가져오는 것을 모르고,

흥분한 의지가 그릇된 의견을 초래한 것으로 오인한다.

자만하지 말라,
남들은 자화자찬이라 말한다

비록 그럴 만한 이유가 있다고 하더라도
스스로 자만에 빠지는 것은 바람직하지 못하다.
왜냐하면 인간이란 허영에 빠져 있어,
진면목의 인간상을 찾아보기란 극히 어렵기 때문이다.
조금이라도 자기를 치켜세우면,
모든 사람들은 그것을 곧 허영의 소치로 돌리고
자화자찬이라고 인정하기 때문이다.

상대방을 읽을 줄 알아야
나를 들키지 않는다

남이 거짓말을 하는 듯 싶거든,

그것을 정말로 믿는 듯한 태도를 취하라.

상대방은 신이 나서 한술 더 뜨므로

스스로 그 껍질을 벗게 된다.

이와 반대로, 제삼자가 실수하여 비밀의 한 토막을

그대에게 비쳤을 때에는 회의적인 태도를 취해 보아라.

그렇게 하면 상대방은 이 쪽의 빗나가는 태도에 유도되어

모든 비밀을 털어놓는다.

인간의 성격은
일정하고 불변한 것이다

누구에게나 될 수 있는 대로 관대하게 대하여

분노나 원망을 품지 않도록 하라.

그러나 각자의 행위는 면밀히 관찰하여

기억에 남겨 두어야 한다.

그리하여 그들의 가치,

적어도 우리에게 관계되는 점에 대하여

그 가치를 옳게 헤아린 후에 인간의 성격은 일정하고

불변한 것이라는 신념으로,

그들의 진가에 해당되는 태도와 행동을 취해야 한다.

모처럼 상대방의 흉악한 성격을

파악하고도 곧 잊어버린다면

애써 모은 돈을 창 밖으로 내던지는 것과 같다.

분노를 자제하라,
격정된 분노는 천박하다

자신의 격정된 분노 혹은 증오심을

말과 표정으로 표현하는 것은

자신을 위태롭게 함을 물론 옹졸하고 천박한 짓이다,

따라서 분노와 증오는

'정확한 행위'에 의해서만 표시되어야 한다.

그런데 증오를 완전히 수행하려면,

그만큼 분노를 자제할 필요가 있다.

독이 있는 동물은 피가 차다.

말에 대한 해석은
듣는 자들의 몫이다

'장단을 치고 말하라.'

예로부터 내려오는 이 처세술의 가르침은

자기가 할 말만 하고 그 해석은 남에게 맡기라는 뜻이다.

많은 사람들은 이해력이 둔하므로,

그들이 해석을 내리는 것은

그 현장에서 떠난 뒤의 일이라고 생각해야 한다.

반대로 장단을 치며 말하는 것은

급속한 일시적인 효과는 있어도,

확실한 영구적인 효과를 거둘 수는 없다.

따라서 어떤 사람에게는 정중한 태도와 점잖은 말만 하면

비록 내용적으로 욕이나 잡소리가 되더라도

현장에서는 화를 내지 않는다.

어떤 경우라도,
그 정반대의 사태를 예상하라

우리는 언제나 시간의 작용과 변모하는 상황에 대하여
유의하지 않으면 안 된다.
따라서 현재 눈앞에 일어나고 있는 사태에 대하여
슬기롭게 대처하고 곧 그와 정반대되는 사태를 예상하고
행복할 때에는 불행을, 우애에는 반복을,
개인 날에는 흐린 날을, 사랑에는 증오를
신뢰와 심중의 토로에는 배신과 회한을
분명히 상상해 보아야 하며,
이렇게 하는 것이 곧 지혜의 진수를 습득하는 길이다.

사람들은 대개
기왕에 일어난 일에서 해답을 찾는다

범인과 현인 사이에 놓여 있는 차이는

무엇보다도 일상 생활에서 찾아볼 수 있다.

즉 앞으로 닥칠 위험에 대하여 고찰하거나

그 정도를 예측하는 경우에

범인은 언제나 기왕에 일어난 그와 유사한 사건을

돌아보고 검토할 따름이지만,

현인은 앞으로 일어날 수 있는 일을 사전에 예상하여

스페인의 속담처럼 '일 년이 되도록 일어나지 않는 일이

이삼 분 내로 일어난다.'는 것을 명심한다.

이것은 자연스런 차이로서

일어날지도 모르는 일을 내다보려면 지혜가 필요하다.

그러나 이미 일어난 일을 뒤돌아보려면 감각만으로 족하다.

인간에게는
다만 현재만이 있을 뿐이다

우리는 전 생애를 통하여 다만 현재만을 갖고 있을 뿐,

그 이외에는 아무것도 지니고 있지 않다.

생애의 초기에는 앞으로 다가올 미래를 내다보고

그 말기에는 이미 꿈같이 흘러간 긴 과거를

뒤돌아보게 마련이다.

또한 우리의 성격은 확고부동하다고 치더라도

성질은 한 평생 다소의 변화를 갖고 오므로

연령의 차이와 함께 현재에도 여러 가지 색채가 나타난다.

생애의 처음 4분의 1이 가장 행복한 시기로,

언제까지고 그리운 낙원으로 추억되는 것도 그 때문이다.

소년으로서의 우리는 외부 세계와는 극히 적은 상호관계와

요구 조건을 갖고 있을 뿐,

의지의 자극을 받는 일도 드물고,

주로 인식을 위해 생존하고 있다.

인간이 얻을 수 있는 소망은 아주 작다.
그러나 재앙은 무수하다

모든 소망 중에서 개인이 얻을 수 있는 것이란

아주 작은 일부분에 지나지 않는다.

그러나 재앙은 누구에게나

무수히 내리는 것이라는 점을 언제나 명심하라.

무언가 소망할 때에는 분명한 한계를 지우고,

욕망을 억누르고,

노여움을 억제한다는 것 즉, 한마디로 말해서 절제와 인내

이것을 생활의 원칙으로 지키지 않는다면,

비록 부유하고 권세가 있더라도

자기 몸의 비참함을 어떻게 할 도리가 없는 것이다.

배려는 손해를 막고,
관용은 싸움을 막는다

세상을 살아 나가려면 더없이 세심한 배려와

관용을 지니지 않으면 안 된다.

세심한 배려에 의해서는 손해와 손실을 면할 수 있으며,

관용에 의해서는 싸움을 피할 수 있다.

세상 사람들과 함께 살아 나가야 하는 이상,

아무리 졸렬하고 가련하며,

우열한 개성일지라도 절대적으로 배격해서 좋을 것은 없다.

아무튼 개성이라는 것은

자연에 의해서 정해지고 또 주어졌기 때문이다.

오히려 개성은 형이상학적 원리에서 비롯하여,

현재의 이러한 형태로밖에 있을 수 없는

불가사의한 것이라고 보아야 할 것이다.

참다운 우정은
친구와 한몸이 되는 것이다

거짓이 없는 참다운 우정은

다른 사람의 행 불행에 대한 이해를 완전히 초월한

객관적이고 강한 관계를 전제로 한다.

그리고 이 관념은

자기가 친구와 참다운 한몸이 되는 것을 전제로 한다.

그것에는 인간 본성에 내재해 있는

이기심이 커다란 방해가 되고 있다.

따라서 참다운 우정은

바다의 거대한 괴물처럼 가공의 이야기이든가

아니면 어딘가에 천차만별의

은근한 이기적 동기를 기초로 하고는 있다.

하지만 거짓 없는 참다운 우정이 조금씩 섞여서,

그것에 의하여 순화되어 간다면,

불완전한 것 투성이인 이 세상에서

최소한 우정이라고 불릴 만한 근거가 있는 것이다.

이기심과 허영심은
타인에게 일을 맡길 때도 나타난다

우리들이 남에게 일을 맡길 경우,

이기심과 허영심이 크게 작용하는 수가 많다.

자기 스스로가 검토하고 실행하는 것을 피하기 위해

남에게 맡기는 경우에는 태만이 작용하게 된다.

자기의 용건을 이야기하고 싶은 욕구에서

남에게 무엇을 의뢰하는 경우에는 이기심이 작용하고 있다.

남에게 맡기는 일이

우리들이 약간 자부하고 있는 것의 일부라면

허영심이 작용하고 있는 것이다.

그러면서도 인간들은 이 위임에 대하여

상대방이 경의를 표하기를 요구하고 있다.

면전에서 반박하거나
교정하려 하지 말라

남의 의견에 대해 면전에서 반박하지 않는 것이 현명하다.

남이 믿고 있는 불합리성을

일일이 지적하고 설득하여 그만두게 하려는 것은

괜한 일에 시간을 낭비하는 것에 지나지 않는다.

또 아무리 호의에서라도 대답할 때,

남을 교정하는 의미의 말은 일체 삼가는 것이 좋다.

남의 감정을 상하게 하기는 쉽지만

남을 바로잡는다는 것은 거의 불가능하다.

때로는 무시하고 넘겨 버려야 한다.

그렇게 하면 즉각 효과가 있다.

제2부
발타자르 그라시안으로부터

운명에 대하여

철학은 한 사람의 감정의 깊이를 알아내고, 인격의 특성을 구분 짓는다 | 많은 사람들은 재치 있다는 말을 얻으려다 신뢰를 잃는다 | 지금 내가 발견한 것이 행운이라고 느껴질 때는 용감하게 앞으로 나아가라 | 인생은 순간순간의 상황에 의해 결정되는 살아 있는 드라마다 | 진리를 숨기는 것은 그것을 말하는 것보다 어려운 일이다 | 타인에게 가르칠 것이 없는 사람은 아무도 없다 | 자기 확신으로부터 표현되는 것만이 최고의 진리다 | 내일 할 일을 남겨 두는 자가 위대한 일을 할 수 있다 | 승리한 자는 길게 설명하지 않는다 | 원하는 만큼 살 수 없다면 할 수 있는 만큼 살아라 | 지혜로운 사람은 자신에게 감사하는 자보다 자신을 필요로 하는 자를 좋아한다 | 쉽게 깨어진 우정은 언제나 후회를 남긴다 | 쉽게 설득당하는 사람은 자기 확신이 부족한 사람이다 | 자신이 쌓아 올린 명성은 곧 자기 정신의 생명이다 | 얼굴을 비추는 거울은 있지만 마음을 비추는 거울은 없다 | 행복과 슬픔에는 나름의 유익함이 있는 법이다 | 쉬운 것은 어렵게, 어려운 것은 쉽게 행하라 | 목표를 크게 설정하라 그러면 최소한 한 가지는 이룰 수 있다 | 모든 것은 한순간에 이루어지지 않는다 | 끊임없이 자기 계발을 하는 자가 현명한 사람이다 | 거절하는 법을 아는 것은 승낙하는 것을 아는 것만큼이나 중요하다 | 말이란 그 사람의 마음과 인격이다 | 최고의 플레이어는 이기고 있을 때 경기장을 떠난다 | 정신의 성숙함은 깊은 성찰에서 비롯된다 | 운명에 대하여 고민하지 말라. 단 매사에 심사숙고하라

철학은 한 사람의 감정의 깊이를 알아내고, 인격의 특성을 구분 짓는다

편견 없는 진실된 시각으로 인생을 받아들여라.

그러기 위해서 그대 스스로

가장 작은 철학자가 되어도 좋다.

자기 철학이 없는 사람,

그는 곧 항해하는 인생의 목적이 없는 사람이다.

철학은 끊임없이 질문하고 생각하게 하는 과학이며,

세상을 살아가는 데 필요한 지혜의 기초가 되는 것이다.

무엇이 옳고 무엇이 그른가,

무엇을 취해야 하고 무엇을 버려야 하는가를 발견하는 것,

그것이 곧 철학이며 철학하는 자이다.

많은 사람들은
재치 있다는 말을 얻으려다 신뢰를 잃는다

살아가는 동안 재치가 필요할 때가 있고,

지혜가 필요할 때가 있다.

이 두 가지의 경우를 구분하지 못 하는 사람은

어리석은 사람이다.

분위기가 심각할 때에는 위트보다

오히려 정중하게 행동하는 것이 더 현명하다.

언제나 흥분이나 기쁨만을 열망하는 사람은

어떠한 위안이나 만족을 느끼기 어렵다.

농담만을 즐기는 사람은

인생이 농담이나 장난이 아님을 깨닫는 데

꽤 오랜 시간이 걸린다.

모든 사람, 모든 사물을 비웃기만 하는 사람 또한

다음 순간, 곧바로 바보 취급을 당하게 된다.

농담이란 농담으로서의 흥미를 잃는 순간,

그 자신이 곧 농담의 대상이 되어 버리기 때문이다.

지금 내가 발견한 것이 행운이라고 느껴질 때는 용감하게 앞으로 나아가라

인생이라는 게임도 규칙을 지킬 때,

비로소 행운을 만날 수 있다.

그 행운을 얻는 데에도 역시 기술이 필요하리라.

현명한 사람에게 찾아오는 멋진 행운이란

결코 우연히 일어나는 것이 아니며,

종종 계산되고 예견되는 것이다.

그러나 많은 사람들은 행운의 여신의 집 앞을

서성이는 것만으로 전부를 가지려 한다.

그런가 하면, 어떤 이는 열리지 않는 행운의 문을

세차게 두드리며 들어가려는 억지를 부리기도 한다.

그것은 결국 삐걱거리는 바퀴에

기름을 치는 일과 다르지 않다는 사실을

그들은 금방 알아차리게 되리라.

줄리어스 시저를 기억하라.

그는 자신의 가능성을 인정하는 사회에서

통찰력과 근면함으로

그 행운을 좇았을 뿐이라는 사실을….

인생은 순간순간의 상황에 의해 결정되는
살아 있는 드라마다

그대는 이미 알고 있다,

인생이 희극과 비극으로 나누어진다는 것을.

지상에 살아 있는 우리는

행복과 불행의 양극단에 놓여진 것이다.

행복에 이르는 천국과 악에 이르는 지옥,

바로 그 선과 악 사이의 운명에서 쉼 없이 흔들리는 것,

그것이 인생이다.

이 변덕스러운 운명의 손이 행하는 바를

피할 수 있는 이는 아무도 없다.

어떤 이가 바르게 태어나고, 그르게 태어났는가 하는 것은

그 사람의 삶을 통해서만 말하여진다.

그의 타고난 운명이 다양하다면, 그 인생 또한 다양하리라.

수많은 갈림길 위에 서 있는 그대들의 운명은

한순간의 상황에 의해 결정된다.

명심하라, 모든 순간이, 모든 상황이
곧 그대들의 소중한 인생이다.

진리를 숨기는 것은
그것을 말하는 것보다 어려운 일이다

사람들의 입을 통해서 들을 수 있는

많은 이야기들 가운데는

듣지 않는 편이 더 좋은 것도 있다.

그것은 알려지지 않은 진리의 일부를 지켜주는

아주 신중한 일일 수 있기 때문이다.

이 진리라는 것은 자주 왜곡되어

우리들 마음에 심한 상처를 남긴다.

그러나 진리를 감추는 것은

그것을 과장하는 것만큼이나 힘들다.

최고의 진리도 어느 순간에는

절반의 진리로 변할 수 있는 것이다.

자신의 진리를 변질시킬,

눈에 보이지 않는 위선을 피하기 위해서는

스스로 신중하지 않으면 안 된다.

타인에게 가르칠 것이 없는 사람은
아무도 없다

모든 사람에게는 남이 흉내낼 수 없는

한 가지 정도의 탁월함이 있다.

때때로 가장 적절한 시기가 언제인가를 판단하는 것은

숨겨진 비밀을 캐내는 것만큼이나 어려운 일이다.

그러나 현명한 농부는 언제 씨를 뿌리고

언제 과수원에서 과일을 거두어 들여야 하는지를

잘 알고 있다.

게으르고 나태한 사람에게 남는 것은

기껏해야 둘째가 되는 것뿐이다.

시작하라, 그리고 행동하라.

바로 지금이 가장 적절한 순간이다.

이것이 세계의 현인들이 가르치는

행동과 해결의 원칙이다.

자기 확신으로부터
표현되는 것만이 최고의 진리다

진리라는 것은 언제나 어렵고 골치아픈 주제다.

진리를 발견했을 때 공정하게 이야기하거나

아니면 침묵을 선택하는 데는

기술, 영리함, 용기 그리고 신념과 같은 것들이 필요하다.

이미 알려진 진리는 한 사람의 인생을 바꾸어 놓기도 하고,

사건의 흐름을 뒤집어 놓기도 한다.

진리는 너무 자주 착각을 파괴하기도 하는데,

신맛 나는 것을 아주 달콤한 것으로 바꾸는

촉매제 역할을 하기도 한다.

진리를 말할 때는 오로지 최고의 자기 확신에 따라,

천천히 그리고 확신 있게 말해야 한다.

그리고 그 말은 언제나 최고를 지향해야 한다.

현명한 사람에게는

힌트나 지나가는 말로도 충분히 진리가 전달되지만,

그렇지 않은 사람에게는

침묵만이 그 어리석음을 달랠 수 있다.

확고한 신념이 없을 때에는 조심스럽게 말하든가

그렇지 않으면 아무것도 말하지 말아야 한다.

내일 할 일을 남겨 두는 자가
위대한 일을 할 수 있다

고대의 한 철학자는

모든 지혜가 중용에 있다는 말을 남겼다.

아무리 아름다운 음악도 그

것이 지나치면 우리의 귀에 소음으로 들리고,

어떠한 경우라도 지나친 탐닉은 종종 권태로 다가온다.

한때 짜릿했던 흥분도 그것이 너무 오래 계속되면

소음과 피로로 끝이 나게 된다.

무엇에나 지나치게 오랫동안 정신력을 소모한 사람은

그 자신이 스스로 자신 속에 갇히고 마는 것이다.

오늘을 마음껏 즐기고 내일에 희망을 거는 것,

그것은 언제나 미래에 대한 기대를 하게 한다.

승리한 자는
길게 설명하지 않는다

정의의 원칙을 가지고

정의를 행하는 이들을 생각해 보라.

올바른 사람들편에 서 있는 사람들은

언제나 아주 소수에 불과하다.

아, 정의여! 오랜 세월 동안 많은 이들이 그것을 추구하고

또한 따르려고 애써 왔다.

그러나 그보다 더욱 중요한 것은

'얼마나 오래', '얼마나 많이' 그것을 따르고

지켜나가느냐 하는 것이다.

그릇된 사람들은 헛된 형이상학만을 논하고,

언제나 자신들의 위치와 입장을 정당화하기에 바쁘다.

가장 작은 것에서부터 정의의 신성한 원칙을 지키는 자,

그가 곧 옳은 편에 서 있는 정의의 표상이며,

정의로 승리하는 사람이다.

원하는 만큼 살 수 없다면
할 수 있는 만큼 살아라

인생의 대부분은 처음 시작은 참신하나,

시간이 지날수록 폐단이 따르게 마련이다.

더욱이 지위가 높아질수록

시작할 때의 참신함을 잃지 말아야

그 가치를 인정받을 수 있다.

그러나 많은 사람들은 높이 오르면 오를수록

권력 가까이에서 새로운 힘을 과시하려 한다.

나중에는 결국 자신들을 버릴지도 모르는

헛된 권력의 그늘에서 인정받기를 기대하는 것이다.

여전히 평범함이 유별남보다

더 가치 있는 일임을 그들은 모른다.

진정으로 의미 있는 영광이

그대들을 기다리고 있음을 깨달아야 한다.

모든 것에는 가장 좋은 때가 있다.

바로 지금 사람답게 살아라.

헛된 명성에 얽매이지 말라.

시간이 흐르면 헛된 것은 모두 사라지리라.

지혜로운 사람은 자신에게 감사하는 자보다
자신을 필요로 하는 자를 좋아한다

위대한 사람들은 대개 훌륭한 전략을 가지고 있었고,

그들은 늘 가장 뛰어난 조언과 충고를 아끼지 않았다.

지혜로운 자들은 어디서나 조언자였고 전략가였던 것이다.

그들은 젊은 사람들에 대해서도, 늙은 사람들에 대해서도

조언과 충고를 선택하는 데 있어

어떠한 편견도 갖지 않았다.

사려 깊은 조언자들을 통해

유익한 가르침을 거둔다는 것은

참으로 총명한 일이다.

지혜로운 자들의 정제된 지식을 자기 것으로 만들고,

진심 어린 상대의 충고와 조언을 거절하지 않는다면

그대들에게 결코 실패나 파국이

찾아오는 일은 없을 것이다.

쉽게 깨어진 우정은
언제나 후회를 남긴다

다정했던 친구와 의견이 달라 서로 떨어져 지낼 수는 있다.

그러나 함부로 절연해서는 안 된다.

오직 바보만이 의도적으로 적을 만드는 것이다.

적은 언제나 해를 입히게 마련이다.

버려진 친구는 그대들의 비밀과 약점을

이미 잘 알기 때문에

어떤 적보다도 더 나쁜 해를 끼칠 수 있다.

그리하여 아주 하찮은 일에 대해서도 자주 서로를

비난하게 된다.

쉽게 깨진 우정은 언제나 심각한 후회를 낳는다.

필연적으로 헤어져야만 한다 해도,

심각하게 다투는 것보다는

차라리 천천히 사이가 냉각되도록 하라.

후회하는 것보다는 후퇴하는 편이 훨씬 낫기 때문이다.

쉽게 설득당하는 사람은
자기 확신이 부족한 사람이다

자신만의 고유한 성품을 가져라.

그렇지 않으면 파괴의 길로 들어서기 쉽다.

타인의 어떠한 행동이 좋아 보이더라도

섣불리 탐하지 말라.

확신 없는 판단은 언제나 불행의 씨앗이기 십상이다.

부도덕하거나 무분별할 때,

신중함은 사라지게 되고

결국 파멸의 위기에 처하게 되는 것이다.

그대들이 신중함을 버리고 단순한 쾌락만을 추구한다면,

그것은 그대들의 얄팍한 부끄러움 때문에

건전함을 희생시키는 것이다.

인생의 험하디 험한 길 위에서

무엇보다도 먼저 알아야 할 것은

어떤 순간이든, 출발하기 전에

성공에 대한 자기 확신을 가져야 한다는 것이다.

자신이 쌓아 올린 명성은
곧 자기 정신의 생명이다

이 세상에서 실수만큼이나 흔한 일은 없으며,

때론 그것만큼 아름다운 일도 없다.

그러나 어떤 실수를 저지르든

그것이 사적인 것이라야지 공적인 것이어서는 안 된다.

아무리 현명한 사람도 살아가는 동안

작은 실수를 여러 번 할 수는 있다.

그러나 결코 공적인 큰 실수를 저지르지는 않는다.

사람들은 흔히 타인의 잘못을 화제로 삼게 마련이다.

천천히 가는 배에 실린 나쁜 소문이,

빨리 가는 배에 실린 좋은 소식보다

빨리 전해지는 것과 같은 이치다.

조그마한 실수 하나로 당신이 지금껏 쌓아 놓은 명성이

손상되지 않도록 해야 한다.

명성, 그것은 당신이 가진 가장 가치 있는 것 가운데
하나이기 때문이다.

얼굴을 비추는 거울은 있지만
마음을 비추는 거울은 없다

다른 사람에 대한 것은 모두 아는데도

정작 자신에 대해서는 아무것도 모르는 이들이 있다.

보다 나은 인생을 살기 위해서는

먼저 자기 자신을 잘 알아야 한다.

자기를 비평하는 데 익숙한 사람만이

자신을 발전시킬 수 있다.

생각이 깊은 사람은 스스로 묻곤 한다.

"나는 지금 어디에 있는가?"

"나는 지금 어디로 가고 있는가?"

그렇게 자신의 마음을 다스린다.

일정하게 지난 시간과 지금 모습을 비판하면서

성취도와 지성의 강도와

정신력 등을 살펴보는 것이 바람직하다.

그렇게 함으로써 당신은 온전한 시각으로

자신의 인격을 엿볼 수 있고,

눈앞에 놓인 인생의 긴 여로를 위해

충분히 준비할 수 있는 것이다.

행복과 슬픔에는
나름의 유익함이 있는 법이다

사소한 일로 마음을 상하는 것은 어리석은 일이다.

운명이란 간간이 불운을 던짐으로써

그대들의 인생에 양념을 치듯 균형을 잡아가는 것이다.

감당하기 어려운 무거운 짐이

한꺼번에 오지 않는 것에 오히려 만족해야 한다.

행운과 불행은 예상할 수 없는 뜻밖의 기회에 온다.

그러나 잠깐 동안의 행운이 멀어지기 시작할 때,

가깝던 사람도 마음이 변하여 떠나간다는 사실을

고통스럽게 배우게 될 것이다.

불행은 그 자체로도 절망을 가져온다.

용기와 냉정을 되찾고

평상시의 모습으로 되돌아올 때까지는

아무리 아름다운 음악조차 그대들을 위로하지 못할 것이다.

좌절과 희망은 언제 어디에서 나타날지 아무도 모른다.

언제나 한결같이 이성으로 자신을 무장해야 한다.

그리하여 행운은 신중하게 받아들이고,

불행은 인내로써 받아들여야 한다.

쉬운 것은 어렵게,
어려운 것은 쉽게 행하라

리더십의 진정한 가치는

상대에게 아낌없이 건네줄 때 드러난다.

속 좁은 왕자가 자신의 권력 이상의 정치를

할 수 없는 반면,

리더십 강한 자는 폭넓은 정치를 할 수 있다.

혹시라도 당신은 중요한 문제와 중요하지 않은 문제를

마구 뒤섞어 놓지는 않는지….

때로 인생에서 일어나는 많은 일들은

저울 위의 먼지와 같이 의미 없는 것들이기도 하다.

그러므로 위대하고 관대한 사람은

모든 것을 너그럽게 용서할 줄 알며,

잊어버릴 줄 아는 것이다.

용서와 이해로 하루를 보내고 나면,

그날은 악몽 없는 평화로운 밤이 온다는 것을
그들은 잘 알고 있다.

목표를 크게 설정하라
그러면 최소한 한 가지는 이룰 수 있다

그대들은 인생에서 가급적이면 빨리 자신의 운명과
진로에 대한 바른 지침을 가지는 것이 좋다.
자신이 할 수 있는 일과 할 수 없는 일에 대한
합리적인 전망을 가져야 한다.
목표는 너무 높아도 안 되고 너무 낮아도 안 되지만,
예나 지금이나 큰 뜻을 지녔던 사람들은
최소한 아주 적은 재능이라도 가질 수 있었다.
무엇이 세상을 돌아가게 하느냐는 물음에 대한
어느 노철학자의 대답은 희망이라는 한마디였다.
희망을 가져라.
살아가는 동안 당신이 목표를 잃었다면 하늘을 보라.
최소한 당신의 기대에 어긋나는 인생을 경험하면서도
자신의 인생에 대한 균형은 잡을 수 있을 것이다.

모든 것은
한순간에 이루어지지 않는다

누구에게나 오랜 꿈이 있고,

그 꿈은 스스로 꾸준히 노력하지 않으면

현실로 바뀌지 않는다.

지혜로운 사람은 일찍부터 자신의 나아갈 바를 결정한다.

일단 마음을 정하면 그 목적을 향해

한 땀 한 땀 세심한 준비를 해야 한다.

어떠한 장애물이 생기더라도

결코 꿈을 포기해서는 안 된다.

방향을 수정하고 방법을 바꾸더라도

목적과 원칙은 지켜야 한다.

운명은 적응하면서 노력하는 자에게

유리한 환경을 마련해 준다.

행동에서 기교, 기교에서 다시 행동으로 옮길 수 있는 자는

장애물에 관계없이 반드시 승리할 것이다.

끊임없이 자기 계발을 하는 자가
현명한 사람이다

현명한 사람은 일정하게 자신을 변화시킬 줄 안다.

이것은 여러 사람들과 한데 어울려 살아가는 데 필요한

하나의 전략으로, 자신의 명성을 새롭게 만들기도 한다.

사람들은 늘 보고 듣고 사용하는 것들에 대해서는

어떠한 찬양도, 존경도 보내지 않는다.

사람들은 누구나 새로운 세계에 대한

동경과 호기심으로 가득 차 있기 때문이다.

정작 지혜로운 사람은 사려 깊은 태도로,

다른 사람들이 존경할 만큼의 적당한 거리를 유지하면서,

지나친 친밀감을 사전에 방지한다.

항상 새로운 마음 자세로 쉼 없이

자신을 바꾸고 계발해 나갈 때,

그는 언제나 존경의 한 중심에 위치할 수 있다.

거절하는 법을 아는 것은
승낙하는 것을 아는 것만큼이나 중요하다

자립심을 가진 사람이 되어야 한다.

특별한 사정도 없이 다른 사람에게 의지하고

한순간에 그 사람의 소유가 되는 것은

구걸하는 거지나 마찬가지다.

당신의 자립심만큼이나 중요한 것은

다른 사람도 역시

당신에게 의지하지 못하도록 하는 일이다.

사랑하는 후배가 당신에게 기대고 싶어한다면,

그들 스스로 배를 저어 멀리 나아가도록 자극하라.

당신 자신이 진 짐만으로도 당신은 충분하다.

그리고 명심해야 할 것은 교활한 친구,

즉 당신이 그 사람을 의지하도록 만들어 놓고,

이를 이용해서 당신을 조종하려는 자들을

경계하라는 것이다.

말이란
그 사람의 마음과 인격이다

인생에서 대화는 매우 일상적이지만,

대단한 주의와 수용을 요구하기도 한다.

본질적으로 마음속에 있는 것이

입 밖으로 나오게 마련이다.

어떤 사람은 그 방법과 태도에 따라

그의 인생에서 승자가 되느냐,

패자가 되느냐에 상당한 영향을 준다고 한다.

훌륭한 대화, 좋은 대화란, 수다를 떠는 것과는 다르다.

대화에는 목적이 있고, 원칙이 있고 또 상쾌함이 있다.

"내가 아는 것을 그대에게 말하노니" 하는 식으로

옛 현인들의 설교가 되어서는 안 될 일.

근본적으로 말은 그 사람의 마음과 인격을 알려 준다.

최고의 플레이어는
이기고 있을 때 경기장을 떠난다

당신이 자신의 운명과 행운을 만났을 때도,

거기에서 멈출 줄 알아야 한다.

합리적인 후퇴는 용감한 공격으로 받아들일 수 있다.

주머니가 비어 있을 때는

그 인생이 더욱 길게 느껴지는 법이다.

주머니가 가득 찼을 때,

당신의 승리를, 당신의 행운을 비축해 두어야 한다.

영원히 달콤한 것은 어디에도 없다.

달콤한 것도 쓴맛이 숨어 있다는 사실을 잊어서는 안 된다.

어렵게 다가온 행운을 방해하는 것들이 생겨날 때,

바로 그때가 최고의 행운의 순간이다.

정신의 성숙함은
깊은 성찰에서 비롯된다

사람이든 사물이든,

너무 쉽게 좋아하고 미워하는 것은

결국 자신을 속이는 행위이다.

서서히 신뢰하고 서서히 불신하는 것이 바른 방법이다.

친구를 좋아하고 신뢰하면 마음의 평화를 가져온다.

그러나 이와는 대조적으로

아무것도 믿지 않는 사람이 있다.

이미 다른 사람들에 의해 증명된 것이라고 해도

무조건 믿지 않는 사람,

그는 곧 다른 사람으로부터 불신을 받게 마련이다.

명심하라, 성급한 판단은 후회를 낳는다.

어떠한 사실에 관한 또 다른 이야기를 들을 때까지

판단을 늦추는 지혜가 필요하다.

믿더라도 천천히 믿어라.

그 신중함이 당신에게 커다란 이득을 몰고 올 것이다.

운명에 대하여 고민하지 말라.
단 매사에 심사숙고하라

지혜로운 자는 단 한 번의 카드 게임에

모든 재산을 거는 짓은 하지 않는다.

실패는 항상 있다.

그러나 우연히 일어나는 일은 아니다.

당신에게 기회가 왔을 때,

그리고 위험성이 높을 때 거듭 심사 숙고하라.

그리하여 실패하지 않도록

아주 천천히, 침착하게 대처하라.

운명에 대하여 미리부터 고민할 필요는 없다.

불운을 만회할 내일은 항상 마련되어 있다.

비록 지금하고 있는 게임에서 지더라도

신중함과 분별력을 가지고 있다면,

얼마든지 다음의 기회를 내 것으로 만들 수 있는 것이다.

자신에 대하여

인생의 첫 번째 위대한 규칙은 견디는 것이다 | 아름다운 삶을 영위하고 싶다면 자신만의 원칙을 세워라 | 즐거움은 천천히 누리고 일은 빨리하라 | 그 순간에 필요한 것을 줄 수 있는 마음은 위대한 선물 중의 하나다 | 내일로 미루지 않는 자가 더 많은 일을 한다 | 공손함은 훌륭한 정치적 요술이다 | 항상 누군가가 나를 지켜보고 있다는 생각을 하고 행동하라 | 시대에 어울리지 않는 지식은 지식이 아니다 | 시끄러운 말로써만 자신을 알리려 하지 말라 | 지나치게 형식을 차리는 자들은 가면을 쓴 위선자들이다 | 최고의 것은 가장 쉽게 잊혀진다 | 너무 과중한 은총을 베풀지 말라. 차라리 적대자가 될 수도 있다 | 현명한 사람은 곧바로 행하고 바보는 마지막에 한다 | 속는 자가 항상 어리석은 것은 아니다. 때론 그것이 더 아름답다 | 단 한 점의 구름으로도 태양을 가릴 수 있다 | 무지한 자만이 인생을 홀로 결정한다 | 비범함은 언제나 미움의 대상이다 | 분별력은 마음을 조종하는 데 있다 | 친절을 베푸는 것은 가장 적은 비용으로 가장 큰 기쁨을 누리는 것이다 | 한 가지 근원만을 의지하고 신뢰해서는 안 된다 | 자기를 극복하고 충동을 이기는 것이 최상의 황금률이다 | 지각 있는 사람이 되어라. 그것은 선과 악을 구분하는 힘이다 | 상관을 이기려 하지 말라, 그는 당신이 앞지르는 것을 허락하지 않을 것이다 | 바쁜 체하는 자는 실제로는 아무 일도 하지 못한다 | 친구의 어리석음을 묵인하는 자는 그 친구보다 더욱 어리석다 | 지혜로운 자는 이성을 잃은 후에 죽고, 어리석은 자는 그것을 발견하기 전에 죽는다 | 위대한 능력은 항상 새로운 상황에 의해 발견된다 | '예', '아니오'라고 말하기 전에 충분히 생각하라 | 함부로 상대를 단정짓는 것은 인간의 오랜 악습이다 | 아집은 금물이다. 융통성을 발휘하라 | 말이 많은 사람은 생각이 적다 | 용기 없는 지식은 허무한 것이다 | 다친 손가락을 상대에게 보이지 말라 | 대담성과 용기로 과감하게 돌진하라 | 홀로 지혜로운 것보다 타인에게 열중하는 것이 더 중요하다 | 많은 것을 가졌다면 겸손하라. 그것이 세상을 조화롭게 만든다 | 자신을 잘 아는 사람은 자신의 길을 가로막는 모든 것을 정복한다 | 하나의 기만은 거대한 불신을 낳는다

인생의 첫 번째 위대한 규칙은
견디는 것이다

불행하게도 우리는 나이가 들면서
세상의 일에는 지혜로워지면서도
정작 자기 자신에 대해서는
바보처럼 인내심이 없어져 간다.
물론 어렵지만 속상한 일에도 마음을 열고,
참을 수 없는 일도 참아야 한다.
하기 싫은 일도 인내하는 마음을 가지고
실행에 옮기는 것이 무엇보다 중요하다.
그것이 인생에서 진정한 평화를 얻는 첫걸음이다.
만약 당신이 인내심 없는 사람을 만났다면,
그것은 원칙과 정의도 없는 사람을 만난 것이다.

아름다운 삶을 영위하고 싶다면
자신만의 원칙을 세워라

정의로우면서도 평화로운 사람은

단순히 삶만을 영위하는 것이 아니라,

그 존재에 가치를 불어넣는다.

그것은 자신이 설정한 생활의 계율을

엄격히 지킬 때 가능하다.

모든 일에 신중하게 들을 줄 알고,

꼼꼼하게 살펴볼 줄 알고 그리고,

침묵할 줄 아는 사람만이

고통 없이 평화로운 일상을 즐길 수 있다.

만족스러운 인생을 살기 위해서는

꼭 필요한 두 가지가 있다.

하나는 자신의 뜰에 평화를 유지하는 것이며,

또 하나는 그 곳에서 자신이 꿈꾸던 결실을 거두는 것이다.

자신의 뜰은 태만히 하고,

다른 사람의 골치아픈 뜰만을 염려하는 것은
참으로 어리석은 일이다.

즐거움은 천천히 누리고
일은 빨리하라

삶을 살아가는 데도 기술이 필요하다.

깊이 인식될 수 있는 삶이란

뛰는 말처럼 빨리 사는 것이 아니라 산책하듯 사는 것이다.

인생의 기쁨과 고통을 조화롭게 엮어갈 줄 아는 것이

바로 인생이다.

많은 사람들은 너무 빠른 보폭으로 살기 때문에

그들의 존재를 허비하고 만다.

목적 없이 내일을 향해 뛰는 것은

권태와 고통만 제공할 뿐이다.

남들이 수십 년에 걸려 할 일을

그들을 재치고 몇 년 만에 해내는 것은

인생의 참 가치를 즐기지 못하는 것이며,

나아가서는 자신을 속이는 것이다.

배움에 있어서도 마찬가지.

완수하지 못한 특정한 주제는 남겨 두는 것이 좋다.

지나치게 만족하려는 사람은 결코 만족할 수 없다.

그 순간에 필요한 것을 줄 수 있는 마음은
위대한 선물 중의 하나다

사람을 기쁘게 하는 것은

다른 사람을 당신에게로 이끄는

마법과도 같은 것이다.

그러니 당신 자신만의 매력을 소유하라.

그것은 침묵 속에서도 발휘될 수 있는 또 하나의 힘이다.

재능만으로는 그 이상의 발전을 기대할 수 없다.

만약 당신에게 귀한 재능이 있다면,

그 빛나는 재능 위에 호감을 주는

매력적인 인성을 입혀야 한다.

훌륭한 세일즈맨은 상품을 팔기 전에

언제나 자신을 먼저 판다.

내일로 미루지 않는 자가
더 많은 일을 한다

즉각 행동으로 옮기는 사람이 돼라.

어리석은 잠을 자는 것이 아니라

재치 있는 출발을 함으로써

활동적이고 적극적인 사람이 되어야 한다.

그러기 위해서는 우선 타인이 믿을 수 있을 만큼

기민함을 길러야 한다.

당신의 즉각적인 행동은 당신 자신에게도 유익함을 준다.

다른 사람들이 중단한 곳에서 다시 시작하여

그것을 해내는 사람, 그가 진정한 행동가인 것이다.

승리하려는 지도자는 언제나 즉각적인 행동을 한다.

구차한 염려는 둘째 치더라도 지금, 행동하는 것이다.

공손함은 훌륭한
정치적 요술이다

인생의 대부분은 자신의 의견을

다른 사람에게 확신시키는 것으로 채워진다.

따라서 대화는 대단히 중요한 요소이며,

이를 항상 인식하여 말하는 습관을 단련해야 한다.

달콤한 말과 유쾌한 매너로

부드럽게 이야기하는 것을 싫어하는 사람은 아무도 없다.

상대를 대할 때, 지혜로운 한마디의 말로

커다란 상처를 치유해 줄 수도 있다.

상대는 당신의 그 실크와도 같은 부드러운 말 때문에

당신의 의견을 쉽게 받아들일 수가 있는 것이다.

그러기 위해서는 항상 지금보다

더욱 친절해지도록 노력하라.

스스로 부드럽고 친절한 사람이 되는 것,

그것이 가장 커다란 힘이다.

항상 누군가가
나를 지켜보고 있다는 생각을 하고 행동하라

우리는 인간이기에 조그마한 잘못들을

방관하는 경우가 종종 있다.

대부분의 인간은 자신의 과실이나

태만함에 대한 알 수 없는 욕망을 가지고 있으며,

때에 따라서는 많이 가진 자를

기쁘게 해주려는 약점 또한 있다.

살아가는 동안 가장 어려운 일은

피할 수 없는 것들에 대한 애착을 가지고 있다는 것이다.

비겁해서는 안 된다. 정열이 우리를 기쁘게 하고,

적어도 다른 사람을 즐겁게 한다는 것은 말할 필요도 없다.

인생의 길은 두 가지 방향을 제시한다.

오르막길과 내리막길.

스스로 굴욕의 그늘에서 벗어나

빛의 길로 나아가야 한다.

시대에 어울리지 않는
지식은 지식이 아니다

어떤 세대이거나 일반적으로 뛰어난 사람은

독특한 시대의 독특한 산물이다.

인생에 있어서 알맞은 때와 장소를

발견할 수 있는 사람은 극히 드물다.

인간은 누구나 타고난 천성이나 잠재력의 포로들이다.

그리고 많은 사람들이

시대와 잘못 맞추어져 있다고 생각하며 살아간다.

좋은 것과 나쁜 것은 모두 시간의 주제이며,

인간 역사의 대열에서 각각 그 등급을 가지고 있다.

철학자와 예술가는 역사의 총애를 받는 소수의 무리다.

그들의 주제가 영원하였으므로

그들 또한 역사 속에서 영원한 것이다.

시끄러운 말로써만
자신을 알리려 하지 말라

적절한 감정 표현은 언제나 매력적이다.

좋은 생각도 서툰 표현으로 인해

나쁜 결과를 초래할 수가 있다.

좀더 매끄럽게 말하지 못함으로써

훌륭한 생각이 전달되기도 전에

듣는 이를 질식시켜 버리는 사람들이 있다.

이와는 대조적으로 교회당의 종처럼 메아리만 컸지

속이 빈 사람들도 있다.

위대한 사람들은 잘 생각하고, 잘 말한다.

위대하다고 불려지는 사람들은 대개 의지와 결단력,

결정적인 사고력을 가지고 있었다.

그러나 속이 빈 채로 떠드는 허깨비와 같은 인간들은

그 순간에는 화려해 보이지만,

역사와 관중은 결국 그들을 외면하고 만다.

지나치게 형식을 차리는 자들은
가면을 쓴 위선자들이다

모든 행동은 자연스러운 것이 가장 좋다.

형식을 차리는 왕족이나 한때 의식주의로 유명했던 이들도

서서히 그 깊은 잠에서 깨어나고 있다.

의식을 행하고 형식을 존중하는 자는

권태와 구태의연함을 동반하게 된다.

그들은 신중한 사람들을 막고 자기 스타일만을 고집한다.

그것은 위선자들이나 가지고 있는 바보의 얼굴이다.

자중심은 참으로 좋은 성품이다.

그러나 형식을 좋아하는 자들은

위선적인 성품만을 가지고 있다.

그들은 품위가 없는 가면극의 주인공들이다.

그들은 그 작은 세상에서 벗어나지 못한 채

영원히 살아갈 것이다.

188

최고의 것은
가장 쉽게 잊혀진다

자기 분석에는 대리가 있을 수 없다.

그것은 마음의 약이다.

이 세상에는 반쪽 지혜자와 완전 지혜자,

다른 사람들이 바보라고 생각하는 사람과

그렇지 않은 사람이 있다.

잊어버려도 좋은 것은 기억에 오래 남는다.

기억은 통제하기 어려운 마음의 수렁과도 같다.

기억은 필요할 때는 피해가고

필요하지 않을 때는 불쑥 나타난다.

기억을 정복하는 것,

그것이 고통을 최소화하는 지름길이다.

그런 생각을 온화하게 할 수 있는 능력이

자기 만족과 마음의 평화를 가져다 준다

너무 과중한 은총을 베풀지 말라.
차라리 적대자가 될 수도 있다

지혜로운 사람은

절대 다른 사람의 고통에 간섭하지 않는다.

오늘 불행에 빠져 도움을 필요로 하는 사람은

어제까지 행복했던 자들이고,

그들은 언젠가 또다시 행복해질 것이다.

그것이 운명의 무서운 법칙이다.

도움의 손길은 도움받을 만한

가치가 있는 자들에게 뻗쳐야 한다.

냉정한 판단력으로,

타인의 짐을 대신 지는 어리석은 짓은 하지 말라.

그렇지 않으면, 그들은 영영 인내심을 잃게 되고,

당신은 당신 자신으로부터의 절망이 아니라

그들의 절망에 함께 내던져지게 될 것이다.

현명한 사람은 곧바로 행하고
바보는 마지막에 한다

결정한 즉시 행동하는 자는

그 직관력으로 기회를 잡게 된다.

어떤 일을 추진할 때에는

당신의 직관력에 귀를 기울이고

통찰력을 증대시켜야 한다.

시작도 하기 전에 미루기부터 하는 자는

결국에는 파멸을 맞게 된다.

기회의 문에 '예', '아니오'라고 적혀 있지는 않다.

실패에 대한 두려움으로 가득 찬 이 세상에서

어떻게 하면 승리하는 자가 될 것인가.

신중한 자들은 성공의 가능성이 호의적일 때

자신의 계획을 과감히 실행에 옮긴다.

속는 자가 항상 어리석은 것은 아니다.
때론 그것이 더 아름답다

정직하라.

교활하여 두려움의 대상이 되는 것보다는

정직하여 존경받는 것이 훨씬 좋다.

정직함이란 위선이 아니라 신중한 사람들의 표식이다.

그러한 곧은 성품은 어리석은 단순함에서

비롯된 것이 아니다.

위선자들이 약삭빠른 데 비해

총명한 자들은 교활하지 않고 정의롭다.

정직하지 못한 사기꾼보다는

가끔 속더라도 정직한 편이 낫다.

비록 당신의 인생 길이 바르다고 하더라도

교활함과 무정함이 배어 있다면

그것은 결코 바르지 않은 것이다.

만약 너무 거세게 당신의 주장만을 고집할 때는

당신이 가진 오점이 드러나,

한순간에 존경과 신뢰를 잃게 될 것이다.

다른 사람과는 중용을 택하고

자신에게는 원숙함을 추구할 때,

가장 멋진 성공을 만나게 될 것이다.

단 한 점의 구름으로도
태양을 가릴 수 있다

농담을 주고 받는 데도

그에 어울리는 기술이 필요하다.

잠깐 실수로 어려움을 자초해서 웃음거리가 되거나

다른 사람을 화나게 해서는 안 된다.

쓴 말도 달게 듣고, 달콤한 말도

신중하게 들을 수 있는 여유와

그 만한 수용의 폭이 있어야 한다.

어슬픈 말과 행동으로

다른 사람을 당혹하게 하는 것은 좋지 않다.

농담은 농담으로,

신사처럼 깨끗하게 받아들일 줄 알아야 한다.

불평하는 내색없이 잔잔한 웃음으로 받아들인다면

당신은 더욱 더 큰사람으로 비추어질 것이다.

생각 없이 내뱉은 가벼운 말 한마디는

여러 사람에게 예상치 못한 해를 끼칠 수 있다.

만약 당신이 어떠한 농담도 선선히 받아들일 수 없다면,

그 기술과 감각을 갖추기 전에는 농담을 하지 말아라.

무지한 자만이
인생을 홀로 결정한다

당신 혼자서는 감당할 수 없는

깊은 슬픔을 나눌 만한 강인한 사람을 찾아라.

무지한 자만이 인생의 그 길고 외로운 길에서

홀로 위험에 빠지는 것이다.

자기만의 독특한 개성을 가지고 있는 사람들은

지극히도 변덕스러운 운명의 손에

자신은 닿지 않을 것이라 확신한다.

그래서 그들은 혼자서 걸어가기로 결정한다.

그러나 그들은 이미 앞서 실패했던

고집스러운 사람들의 실수를

너무도 쉽게 망각한 바보들이 아닌가?

고통스러운 순간에,

조용히 당신의 지친 어깨를 어루만져 주는 사람은

그 어떠한 명약과도 비교될 수 없다.

왜 그 무거운 짐을 홀로 지려 하는가!

돌이킬 수 없는 재앙에 부딪혀서야

다른 사람을 찾는 것은 이미 때늦은 일이다.

비범함은 언제나
미움의 대상이다

지혜로움도 지나치면 오히려 나쁜 결과를 낳는다.

교묘함보다는 지각 있는 사람이 되는 것이 더 중요하다.

너무 예리한 사람은 지금 당장이 아니라도

언젠가는 공격받는 사람에 의해 무너지게 되어 있다.

상식적인 접근만이 어려움 없이 수용될 수 있는 것이다.

당신이 적어도 두뇌를 가진 자라면,

섣부르게 다른 사람의 소문을 유포하는 것은

자제해야 한다.

만약 그렇지 않다면 당신에 대한 최소한의 존경심마저

분노로 변할 것이다.

분별력은
마음을 조종하는 데 있다

당신이 지니고 있는 선천적인 환상이나

공상의 고삐를 붙잡지 말아라.

맘껏 내달리는 상상력을 지배하는 것은

자기 수련의 중요한 한 과정이다.

상상력은 때때로 우리들 인생에서

엉뚱하고 위험한 영향을 주기도 한다.

그렇기 때문에 우리는 자신을 절제하고,

때론 폭군처럼 스스로를 압제해야 한다.

상상력은 자신이 창조해 낸 사고를 만족시키느냐,

만족시키지 못 하느냐에 따라

기쁨이 될 수도 있고, 슬픔이 될 수도 있다.

우리 마음 속에 만들어진 잔상은 꿈과 욕망에 의해

어떤 이에게는 영감을 주기도 하지만,

어떤 이에게는 타성만을 주기도 한다.

친절을 베푸는 것은 가장 적은 비용으로
가장 큰 기쁨을 누리는 것이다

재치 있는 사람이 환영받는다.

외교적인 사람, 즉 자신이 원하는 대로가 아니라

다른 사람이 원하는 것을 알아차리고

그 방법으로 이야기할 줄 아는 사람이 되어야 한다.

우리가 훌륭한 인물로 꼽을 만한 사람들은

모두 상대방의 의견을 중요시했다.

재치와 기지는 사람들의 관점을

객관적이고 타당성 있는 것으로 바꿀 수 있다.

어떤 것에 만족한다는 것은

성공한다는 것과 크게 다르지 않다.

정중함과 친절은

다른 사람이 당신에게 호감을 갖도록 하는

값비싼 선물이다.

한 가지 근원만을 의지하고
신뢰해서는 안 된다

매력은 사람들의 문을 열게 한다.

그것은 무장하지 않은 훌륭한 개성이며

미소와 어우러져 다른 사람과의 관계를

완벽하게 이끌어 준다.

매력적인 카멜레온이 되어라.

그것은 외관상의 필수 요소이다.

당신은 스스로 자신의 재능과 화법과 사고 등에

보다 나은 기술을 더해야 한다.

매력이 없으면 사람은 조잡해진다.

매력은 뜻밖의 불안에도 우리를 지켜주고

한 개인을 완벽하게 조율해 주며,

나아가 우리 모두를 조율해 준다.

자기를 극복하고 충동을 이기는 것이
최상의 황금률이다

마음을 컨트롤하기 위해서는

솟아오르는 열정을 잘 조절해야 한다.

충동을 제어하고, 자신의 운명에 순응할 줄 알아야 한다.

가장 위대한 승리는 자신에 대한 승리이다.

우리들 마음의 집에 충동이 몰려오면

이성은 어느새 달아나 버리고 없다.

논리적이지 못한 공격을 일으키는

잠재적인 열정을 최소화함으로써

당신에게 닥친 슬픔을 극소화해야 한다.

지각 있는 사람이 되어라.
그것은 선과 악을 구분하는 힘이다

현자는 실용적인 것과 원칙적인 것과

철학적인 것에 관하여

배우기를 게을리하지 않았다.

사람이나 사물에 대한 올바른 판단을 할 수 있는 것이

곧 지혜의 핵심이다.

모든 이치의 선과 악을 분석하고

분류하는 방법을 터득하는 것도

자신을 바로세우는 좋은 방법 가운데 하나이다.

항상 승리하는 후보를 가졌던 정치가를 주목하라.

그는 가장 강한 지각력을 가진 살아 있는 증거이다.

상관을 이기려 하지 말라,
그는 당신이 앞지르는 것을 허락하지 않을 것이다

당신은 상사보다 더 인정받으려고 하지 말아라.

그것은 치명적인 종말을 앞당길 수 있다.

윗사람의 시기와 질투를 받는 것은 인간 세계만의 일이다.

그러나 현명한 부하는 배역에 맞게 연기하는 배우처럼

상사와 비교되는 순간, 자신의 능력을 감춘다.

흔히 상사는 지성이 모자라는 것이 아니라

행운이나 사랑에 있어서 낮은 위치에 있다.

그것이 옳든 그르든 상사의 권위를 무너뜨려서는 안 된다.

이런 모습은 태양의 빛을 능가하지 않으면서도

늘 빛나는 밤하늘의 별과 같은 것이다.

바쁜 체하는 자는
실제로는 아무 일도 하지 못한다

지나치지 않은 범위에서는 인간다운 모습을 유지해야 한다.

순간적으로 저지른 지혜롭지 못한 행동이

당신이 지금까지 쌓아올린 존경을 앗아간다.

어떤 순간에도 품위 있는 행동을 하라.

경솔함과 명성은 물과 기름과 같아서,

절대로 섞이는 법이 없다.

머리 하나에 두 개의 모자를 쓸 수 없듯이

어느 누구도 지각이 없으면서 동시에 진지할 수는 없다.

오랜 인생을 살고도 아무것도 배우지 못했다면

그 이상의 바보는 세상에 더 없을 것이다.

친구의 어리석음을 묵인하는 자는
그 친구보다 더욱 어리석다

친구가 어리석은 자임을 알았다면

당신은 그를 멀리해야 한다.

가장 어리석은 사람은

어리석은 친구를 그대로 인정하는 것이다.

그런 경우, 많은 사람들은

동시에 두 사람 모두를 저버리게 된다.

경솔하여 말과 행동이 가벼운 자들은 쓸모없는 친구들이다.

그들의 정신적 어눌함은 역사에 길이 빛나며,

그 행동은 서커스단의 왕관과도 같다.

그들에게는 비밀이 없다.

그들은 자신의 정체가 없다는 것 때문에

서로의 명성에 도움이 되지 못한다.

그러나 그들이 아무런 도움이 되지 않는다고 해도,

그들의 불행이 새로운 경고가 된다는 면에서는
철학적 가치가 있다고도 할 수 있겠다.

지혜로운 자는 이성을 잃은 후에 죽고,
어리석은 자는 그것을 발견하기 전에 죽는다

지혜로운 자의 솔직함과

어리석은 자의 경신輕信을 혼동해서는 안 된다.

솔직하고 정직한 사람들은 잘 속게 마련이다.

그러나 그런 사람은 실수를 되풀이하지는 않는다.

자기 방어를 잘 하는 사람,

정력적인 사람들은 자신의 빈틈없는 성격을 이용해서,

위기에 빠지는 것을 미리 분석하고 방어한다.

사리 분별을 아는 합리적인 사람이 되도록 노력하되,

순진하다고 여겨질 정도로

마냥 유순한 사람이 되어서는 곤란하다.

위대한 능력은
항상 새로운 상황에 의해 발견된다

재주가 많은 사람은 수단 또한 많은 사람이다.

그는 한 번 주어진 기회에

두 개의 화살을 쏠 수 있는 사람이다.

단 한 사람의 친구와 단 하나의 재주와

단 하나의 수단만을 가진 사람은

이 세상과 담을 쌓은 사람이나 다름없다.

그는 폐쇄적이며, 따라서 이해의 폭도 좁다.

인생의 가장 어려운 단면을 이해하는 사람은

미래의 불행에 대비하여

지혜롭게 자신의 자산을 배가시키려고 노력한다.

위대한 능력은 모든 새로운 임무에 의해

점진적으로 계발되는 것이며, 널리 알려지는 것이다.

'예', '아니오'라고 말하기 전에
충분히 생각하라

결정하기 전에 잘 듣고, 자세히 관찰하고, 추리하라.
깊이 숙고한 자는 가벼운 마음으로 실행할 수 있다.
그러므로 순간순간마다 깊은 성찰과 반성을 하라.
충동이 감정을 조성하고 정신적으로 압박을 가해오면
'예'와 '아니오'의 양극단에서 중립적인 자세를
유지해야 한다.
자신을 잘 아는 것과 자신을 컨트롤한다는 것은
자기 향상에 있어서 첫째 요소이다.
감정의 과다 개입은 상식적인 판단의 질서를 파괴하고
삶의 목적을 쇠퇴시킨다.

함부로 상대를 단정짓는 것은
인간의 오랜 악습이다

공정하고 합당한 증거도 없으면서

누군가를 제멋대로 싫어하는 것은

대부분의 인간들이 행하고 있는 악습이다.

증오의 고삐는 세차게 잡아당겨야 한다.

그렇지 않으면 당신이 타고 있는 말은

파멸의 늪을 향해 달려갈 것이다.

비난하기보다는 동정으로 바라보는 것은

정말 선하고 아름다운 지각력이다.

분노하지 않음으로써

완전한 선으로부터 악해지지 말라.

아집은 금물이다.
융통성을 발휘하라

고집스럽게 자신의 의견만을

관철시키려 해서는 안 된다.

우매한 자는 영원히 자신의 생각을 바꾸지 않는다.

융통성은 세상 처세의 으뜸이다.

흐르는 물을 보라.

계곡을 만나면 폭포가 되고

평지를 만나면 온화한 시냇물이 되며,

바다를 만나면 조용히 거기에 합류한다.

자신의 중심을 흐트러뜨리지 않으면서

다른 사람과의 온정 넘치는 분위기를 유도하는 것은

세상을 살아가는 묘미이다.

그러나 분노해야 할 때가 있다.

불의와 맞부딪칠 때,

우리는 갈등하고 격노하고 항의해야 한다.

그것이 삶의 본질을 지키는 길이다.

말이 많은 사람은
생각이 적다

당신은 남의 소문을 만드는 주인이 되어서는 안 된다.

다른 사람의 수치를 퍼뜨리는 자는

자신을 부끄럽게 하는 것이다.

다른 사람의 뒤에 자기 잘못을 숨기는 것은

오직 바보에게만 위안이 되는 것이다.

다른 사람의 죄책감을 즐김으로써

자신의 악취를 달콤하게 하려는 것 역시 어리석은 짓이다.

동정심 있는 현자는 남의 소문이나 이야기하면서

귀중한 인생을 허비하지는 않는다.

용기 없는 지식은
허무한 것이다

용기 있는 판단력은 위대하다.

이 기질은 불멸의 시처럼 불후하므로 영원한 것이다.

지혜는 판단을 만드는 지식이다.

인생의 복잡한 비밀을 풀어 줄 수 있는

이 판단력 없는 세상은 빛이 없는 세상과도 같다.

사람의 손이 그 자신의 눈을 필요로 하듯

판단은 용기를 필요로 한다.

다친 손가락을
상대에게 보이지 말라

다른 사람들은 당신이 어려움에 처했을 때의
민감함을 통해 당신의 용기를 추정한다.
당신의 용기가 허둥댈 때 방어력은 저하되며,
그럼으로써 당신은 비열한 길을 걷게 된다.
강하게 서야 한다.
당신이 4분의 1을 항복하면 절반을 잃게 되고,
결국에는 전부를 잃게 된다.
당신의 마음에 용기를 조합시켜야 한다.
그러면 두 겹의 방어 무기를 갖추게 되는 것이다.
지위는 높지만 용기 없는 장군은
이론으로 만 군대를 지휘할 뿐이다.
그 연약한 군대는 패배하고 분쟁은 심화된다.
벌처럼, 달콤한 꿀과
톡 쏘는 침을 함께 지닐 줄 알아야 한다.

대담성과 용기로
과감하게 돌진하라

모든 일에 대담해야 한다.

그것은 우리가 다른 사람에 대해 갖고 있을지도 모르는

과장된 생각을 완화시켜 준다.

지위와 권력은 공식적이고 분명한 상위자에게 주어진다.

자신이 가진 능력을 발휘하기 위해서는 대담성이 중요하다.

모든 인간은 정신과 마음에 있어서 연약하다.

그래서 환상으로만 성공과 위대함을 좇고,

대담성을 가지고 돌진하려 하지 않는다.

그러나 지각 있는 사람은

대담성을 부추겨, 실제로 과감하게 뛰어든다.

대담성과 용기는 야망의 팔이다.

그것을 잘 사용하고 보존해야 한다.

홀로 지혜로운 것보다
타인에게 열중하는 것이 더 중요하다

당신 자신의 말에 애착을 갖지 말라.

그렇지 않으면 당신은 듣는 자가 되는 기회를 놓치게 된다.

자신의 말만으로 자족하는 자는 청중을 분개하게 만든다.

어떤 성숙한 자가 말하는 동시에

자신을 살필 수가 있겠는가?

현자는 개성에 소금을 침으로써 사교성을 증진시킨다.

당신도 자신에 대하여 그렇게 맛을 내라.

한 가지 주제에 대하여 마구 이야기하는 수다쟁이는

그 말의 맛을 떨어뜨린다.

당신이 아무리 훌륭한 인격을 갖추었다 하더라도,

다른 사람이 당신을 멀리 한다면

인생의 깊은 맛은 떨어질 것이다.

많은 것을 가졌다면 겸손하라.
그것이 세상을 조화롭게 만든다

무식한 체하는 것도 그 값을 치러야 한다.

이것은 소크라테스식 아이러니다.

침묵하는 자의 역할이 모든 사람의

가장 지혜로운 역할을 대변할 때가 있다.

이 세상에 다양하게 얽혀 있는 인격들이

조화롭게 살기 위해서는 이기적이어서는 안 된다.

이 세상에는 지나치게 잘난 체하여,

시기받고 견제 당하는 사람이 너무도 많다.

다른 사람과 화합하기를 바란다면

자신의 지식을 지나치게 내세우지 말아야 한다.

자신을 잘 아는 사람은
자신의 길을 가로막는 모든 것을 정복한다

현실주의자는 인생에서 자신이 원하는 것이

무엇인지를 정확히 알고 있다.

그러나 대조적으로 비현실적인 사람은

그가 원하는 것이 무엇인지 알지는 모르지만,

무엇이 자신을 방해하고 있는지는 모른다.

이 세상에서 무엇을 잃고, 무엇을 얻었는가 하는 것은

마지막 순간에, 자신의 인격에

어떤 손실과 이득이 있었는가를 두고 판단해야 한다.

훌륭한 인격은 평생의 기쁨이 되지만,

많은 재산은 평생의 불행이 될 수도 있다.

하나의 기만은
거대한 불신을 낳는다

형식이 아니라 본질을 아는 사람이 되어라.

확신이 있는 자들은 형식적인 자들과 타협하지 않는다.

어떤 자들은 기만적이고, 어떤 자들은 신사적이다.

또한 어떤 자들은 현명하고, 어떤 자들은 어리석다.

형식을 좇는 자들, 속임수를 쓰는 사람들은

모래로 쌓은 집과 같아서

비가 오면 쉽게 무너지고 만다.

속이는 자들은 매사에 의심을 받을 수밖에 없다.

그들은 자신의 말을 믿기에는 지나치게 많은 말을 하고,

그것을 실천하기에는 너무나 많은 약속을 하기 때문이다.

타인에 대하여

과장은 거짓말의 곁가지이다 | 속단은 금물이다. 마지막까지 듣고 판단하라 | 우유부단한 사람의 마음엔 평화란 없다 | 열정을 가지라. 그것이 행운의 출발점이다 | 현명한 자는 영원히 사랑하지도 않고 영원히 믿지도 않는다 | 어떤 비밀도 지켜야 한다. 그 비밀이 깊은 존경을 낳는다 | 남을 먼저 받아들이라, 그리고 나면 모든 것이 수월하다 | 주변에서 서성이는 사람은 결코 중앙에 설 수 없다 | 확고하지만 유연한 사고를 가진 사람이 되어라 | 내 소망이 중요하다면, 남의 소망도 중요하다 | 진짜 적이 누구인가는 재난이 극에 달했을 때 알 수 있다 | 창조는 인생을 풍요롭게 만드는 매력적인 힘이다 | 때를 놓치지 않는 자, 그가 곧 성공하는 사람이다 | 정신적 낭비가 없는 삶이 아름다운 삶이다 | 아무에게도 쓸모없다는 것은 대단한 불행이다 | 때로는 이해하지 않는 것이 최고의 이해가 될 수 있다 | 지금 행동하라, 그리고 그 후에 걱정하라 | 진정한 벗과 함께 하는 여행은 풍요롭다 | 철저한 준비만이 철저한 성취를 이룬다 | 강인한 정신력과 끈기가 있을 때, 성숙된 자아를 만날 수 있다 | 지나친 설명은 신뢰를 좀먹게 한다 | 다른 사람을 존경할 때, 자신도 존경받는다 | 자신보다 훌륭한 사람과 경쟁하라 | 다른 것이 자기를 버리기 전에, 자신이 먼저 그것을 버리는 것이 낫다 | 유행과 시대로부터 독립하려는 목표를 가져야 한다 | 부끄럽지 않은 인생을 위선 하지 말라 | 제 아무리 고상한 것도 시간의 무게를 견디지는 못한다 | 가장 큰 바보는, 자신을 제외한 모든 사람들이 바보라고 생각한다 | 억압되지 않은 자유로운 시각을 가져라 | 시간 외에 우리가 속한 것은 아무것도 없다 그러므로 아껴라 | 반쪽의 진리를 통해서도, 그 의미를 온전히 이해할 수 있어야 한다 | 누군가에게 아무 소용이 없다는 것은 엄청난 불행이다 | 당신의 마음을 열리게 하는 자, 그에게 감사하라 | 망각이 최대의 복수다 | 세상을 사는 지식은 서재에 있는 것이 아니라 세상 가운데 있다 | 화가 났을 때는 차라리 아무 일도 하지 말라 | 이성 없이 산다는 것은 살지 않는 것과 같다

과장은
거짓말의 곁가지이다

약속 가운데 어떤 것은 보증의 효과가 있지만,

어떤 것은 사기의 냄새가 난다.

전자는 신뢰성이 있는 것이고 후자는 가증스러운 것이다.

우매한 자는 정중한 약속은 무조건 믿는 경향이 있다.

교활한 사기꾼들은 솔솔 부는 바람과 같은 말로

의심받지 않는 확신으로 포장하여 일을 추진한다.

모든 것을 약속한다는 것은

아무것도 약속하지 않는 것이며,

사실상 신뢰를 가장한 덫이다.

그런 행위를 하는 사기꾼들은 오직 허세의 은행에

예금하며

그들의 자산이나 부채는 단지 농담과 빈 말뿐이다.

속단은 금물이다.
마지막까지 듣고 판단하라

사람들은 대개 처음 듣는 이야기에 속기 쉽다.

일시적인 기분이나 순간적인 충동의 포로가 되는 것이다.

그들은 처음 들은 이야기를

신중하게 고려하지도 않고 확신해 버린다.

그러나 자제력이 있는 사람은

적어도 첫인상의 노예가 되지는 않는다.

첫인상이란 기껏해야 피상적인 것이다.

흔히 첫 번째 소식은 최고의 거짓말이며,

두 번째 소식은 조금 완화된 거짓이다.

맨 마지막 소식에 이르러서야

믿을 만한 정도의 현실성을 띠게 되는 것이다.

어떤 이들의 마음은

언제나 맛이 변하지 않는 포도주와 같다.

그러나 교활한 자들은 수시로 말을 바꿔 사람들로부터

신뢰를 얻으려고 애쓴다.

솔로몬은 반드시 하나의 이야기에도

그 양면을 살피기 위해 두 번 귀를 기울였다고 한다.

첫인상이나 한마디 말로 속단하는 것은

인격의 결핍을 자랑하는 것이다.

우유부단한 사람의
마음엔 평화란 없다

썰물과 파도에 따라 움직이는 모래처럼
변덕스러운 사람이 있다.
시계추처럼 확신의 오른쪽에서
확신의 왼쪽으로 흔들리는 생각을 가진 사람은
나침반도 없이 바다를 항해하는 불안한 선장과 같다.
그러나 미더운 사람은 안정된 마음을 가지고 있다.
오늘 '예'라고 말하고
내일 '아니오'라고 말하는 자들은
그들 자신은 물론 다른 사람 안에서도
전혀 평화를 발견하지 못한다.

열정을 가지라.
그것이 행운의 출발점이다

어떤 자들은 시작하지 않고 끝내는 반면,

어떤 이들은 시작은 하지만 마무리를 하지 못한다.

시작은 힘차게 하면서 생각 없이 중단하는 것은

정신력이 약하다는 증거다.

무슨 일이든지 끝까지 해내지 못하는 사람은

인내심이 없고 타성에 젖은 사람으로,

명성이나 행운을 기대하기는 어렵다.

스페인 사람들의 정열을 보라.

그들에겐 시작이 있으면 반드시 끝이 있다.

그들은 스스로 할 수 있는 것과

조심해야 할 것들을 이미 알고 있다.

결단력과 추진력이 그들의 힘이다.

최선의 노력을 다 한다면 왜 성공하지 못하겠는가!

그리고 노력하지 않으려면 왜 시작은 했는가!

현명한 자는 영원히 사랑하지도 않고 영원히 믿지도 않는다

인생의 변화에 예리한 눈을 가진 자는
오늘의 친구가 내일 원수가 될 것을 알면서도
오늘은 그를 믿는다.
상황이 좋을 때만 친구인 사람은
언젠가는 실망을 가져오게 마련이다.
잘못된 신뢰는 그 나쁜 영향이 반사되어 되돌아온다.
원수의 손에 장전된 총을 쥐어 주는 바보가 어디 있겠는가.
의심스러운 친구와 지낼 때는 어떠한 실망이라도
감수할 수 있는 마음의 방을 따로 준비해 두어야 한다.
배반당한 뒤의 증오는 아무런 도움이 안 된다.

어떤 비밀도 지켜야 한다.
그 비밀이 깊은 존경을 낳는다

비밀을 지키는 침묵의 힘을 가진 자는

그의 넉넉한 인격을 통해 존경을 받는다.

본질적으로 비밀은 함구될 때 최상이 되는 것이다.

함구력은 곧 자제력과 연결된다.

당신은 머리와 가슴으로 생각하는 사람이

타인으로부터 신뢰의 대상이 된다는 사실을 잘 알고 있다.

신중한 사람은 반대나 질타에 직면할 때,

훨씬 더 냉정해지며 침묵을 지킬 줄 안다.

남을 먼저 받아들이라,
그러고 나면 모든 것이 수월하다

타인의 기분을 맞추는 것도 하나의 기술이다.

만약 당신이 지도자라면 이 기술은 반드시 계발해야 한다.

그렇다고 해서 자신을 포기하고

타인만을 위해서 살라는 말은 아니다.

혹은 이집트의 간신들처럼

아부하고 아첨하라는 말은 더욱 아니다.

인간은 무리를 떠나서는 살 수 없는 존재이다.

화합하고 융화하는 것은 지극히 인간다운 자세이며,

결국에는 자신을 행복하게 하는 열쇠가 된다.

자신을 다른 사람에게 건넨다는 것,

이 얼마나 환희에 넘치는 일인가.

주변에서 서성이는 사람은
결코 중앙에 설 수 없다

거짓은 언제나 대열의 앞에 있고,

진리는 뒤에 숨어 있다.

현명한 자는 그래서 대열이 모두 지나간 다음에만

무엇인가를 결정한다.

기만은 피상적인 것이므로 피상적인 사람은

늘 그 기만에 대한 책임이 따르는 것이다.

사물의 내부는 외부에서 볼 수 없으므로,

우리는 그 안을 보려는 치열함을 가져야 한다.

확고하지만
유연한 사고를 가진 사람이 되어라

완고한 자기 고집만으로 행동하는 자는
어리석음을 도구로 행동하는 자들이다.
지성과 성숙한 논리로 마음을 다스려야 한다.
완고함과 무례함으로 행동하는 이들은
모든 사람을 적으로 만든다.
이런 성격의 소유자는 이중 인격과
불신으로 비뚤어진 마음을 가지고 있다.
타인은 그러한 자들을 대할 때 고통스럽게 피할 뿐,
아무런 구제도 베풀지 않는다.
자신을 포기하지 않으면서도,
타인으로 하여금 호의적인 평가를 내리게 하는 것,
그것이 바로 사랑받을 수 있는 가장 간단한 기술이다.

내 소망이 중요하다면,
남의 소망도 중요하다

극악무도한 사람들은 자신의 욕망을 위해서라면
다른 사람의 꿈과 이상을 함부로 파괴하는
돌이킬 수 없는 죄를 저지른다.
세상이 이토록 험해지고 비참해진 것은
바로 그러한 자들의 무법적인 행동 때문이다.
설령 그 사실이 침묵 속에 가려져 있다 하더라도
역사와 시간은 그들을 심판하고 말 것이다.
세월은 반드시 공정했던 약자의 편에 설 것이다.

진짜 적이 누구인가는
재난이 극에 달했을 때 알 수 있다

친구는 고통의 순간을 즐거움으로 바꾼다.

마치 검정색을 흰색으로 바꾸어 놓듯이,

불행을 행복으로 바꾸어 놓는다.

어리석은 자는 친구로부터 많은 것을 얻지만,

현명한 자는 적으로부터 더 많은 것을 얻는다.

한 손은 흔들고, 한 손은 속이는 친구들을 주의하라.

오히려 기대하지 않은 적으로부터 순간적으로나마

유익한 도움을 받을 수도 있다는 사실을 기억하라.

창조는 인생을 풍요롭게 만드는 매력적인 힘이다

객관성과 독창성은 확실히 뛰어난 자들의 표상이다.

당신의 동반자의 능력은

그가 가진 참신함과 솔직함으로 측정될 수 있다.

주관적인 관점만을 가진 자는

커다란 시각으로 사물을 볼 수 없으며,

그런 악습은 인생 전반에 걸쳐

그의 불행을 부채질할 뿐이다.

솔직한 사람이 오히려 독창적인 두뇌를 가지고 있다.

그는 자신의 타성을 직시하고 반성할 줄 안다.

그러한 반성은 발전을 의미하며,

발전이란 창조 없이는 불가능한 것이다.

때를 놓치지 않는 자,
그가 곧 성공하는 사람이다

성공하는 사람들의 특징 가운데 하나는,

기본적인 문제를 잘 이해하고

객관적으로 요약해 낸다는 것이다.

그러한 사람은 자신의 신념을

확신이 있으면서도, 재치 있게 표현할 줄 안다.

그것은 무엇을 말해야 하는가와

언제 말해야 하는가를 알고 있다는 뜻이다.

재치와 용기로 상반되는 견해를 가진 사람을

정복하는 것이

성공하는 사람들의 능력이다.

정신적 낭비가 없는 삶이
아름다운 삶이다

인생은 매우 짧다.

인생의 핵심을 알고 있는 사람은

남의 일에 간섭하는 것으로

소중한 시간을 낭비하지는 않는다.

그것이 얼마나 덧없고 무효한가를 알기 때문이다.

불평도 마찬가지이다.

불평도 결국은 자신의 부실한 인격에서 비롯되는 것이요,

미성숙한 자아를 드러내는 것이다.

간섭하기를 좋아하거나 불평을 좋아하는 자는

늘 그러한 관습에 얽매여서 살아간다.

아무에게도 쓸모없다는 것은
대단한 불행이다

기회주의자들을 자세히 보라.

그들은 날씨가 좋을 땐 열심히 연주를 하다가,

날씨가 나빠지면 음악을 멈추고 만다.

대개 기회주의자는 사상의 원칙이 없으며,

주위의 압력을 받으면 무서워서 벌벌 떤다.

타인들에게 헛된 욕망만 심어 주는 그들은,

만나는 사람들에게 언제나 당혹감을 준다.

그들을 아무도 믿어 주지 않는다는 것으로

그들에 대한 평가를 엿볼 수 있다.

때로는 이해하지 않는 것이
최고의 이해가 될 수 있다

다른 사람의 의견을 단순하게 받아들이는 편이

오히려 옳을 때가 있다.

의견이란 그 기초가 있든 없든, 개인적인 표현이다.

논쟁점이란 반드시 어떤 무리에게는 긍정적이지만

또 다른 무리에게는 부정적인 것이다.

의견이란 선회하며 바뀌게 마련이다.

지금 다소 우스워 보이는 것도

나중에는 진지해 보일 수 있다.

자세히 분석해 보면, 조심성 없는 의견은

매우 허약한 논리의 틀을 가지고 있다.

그것은 어디까지나 추측에 의한 추론일 뿐이다.

그 의견이 무엇에 근거해 있는가를 아는 것이 중요하다.

지금 행동하라,
그리고 그 후에 걱정하라

겁쟁이는 길가에 서서 망설이지만,

용기 있는 자는 길 한가운데서 용단을 내린다.

진정으로 용기 있는 자는

무엇을 할 것인가 방황하는 것이 아니라

비록 어떤 계획이 다소 불완전하다고 할지라도

결정하고 행동하는 데 주저하지 않는다.

역사 속에서도 항상 어떤 결단을 앞두고 망설이던 사람은

무명으로 사라지고 말았다.

그러나 결정을 하는 데는 지성과 함께

그 결정을 실천할 수 있는 근면함이 결부되어 있어야 한다.

진정한 벗과 함께 하는
여행은 풍요롭다

참된 벗 한 사람의 통찰력은

여러 사람들의 많은 호의보다 더 낫다.

그런 친구는 우연이 아니라 선택으로 얻어지는 것이다.

성공의 집에는 많은 출입문이 있다.

지혜로운 자는 가장 쉬운 길을 선택할 줄 안다.

어려운 관문을 통과할 수 있는

재능을 가진 자와 벗이 되어야 한다.

당신의 약점을 그의 강인함으로 보완하는 것은,

당신이 가지고 있는 재능에

그의 재능을 수혈하는 과정이다.

철저한 준비만이
철저한 성취를 이룬다

사람을 위협해서는 안 된다.

당신의 부하에게 도전할 수 있는 기회를 주어야 한다.

그렇게 함으로써 그는 자신에게 닥칠 필연적인 난관들을

스스로 극복해 나갈 수 있을 것이다.

홍수가 났을 때 가라앉는 사람이 있는가 하면

헤엄을 쳐서라도 살아남는 사람이 있다.

마찬가지로, 어려울 때 움츠리는 사람이 있는가 하면,

잘 훈련된 자들은 상황 타개의 강한 정신력으로 이겨낸다.

언제나 위급한 상황은 최선과 최악을 동시에 제공한다.

명성을 높일 수도 있고, 교활함과 나태함에 빠질 수도 있다.

강인한 정신력과 끈기가 있을 때,
성숙된 자아를 만날 수 있다

정신력이 없는 사람은 본질이 없는 사람이다.

정신의 힘과 끈기가 없으면, 성숙함의 옷을 입을 수 없다.

나약한 무리를 보면 항상 타성에 젖어 있다.

어떤 상황에서도 절제된 기질과 타성을 유지해야 한다.

그렇지 않으면 비웃음거리가 되고 말 것이다.

잘 조절된 기질을 나타낸다는 것은,

당신의 그릇이 다른 사람을 받아들일 수 있을 만큼

넉넉하다는 사실을 대변하는 것이다.

지나친 설명은
신뢰를 좀먹게 한다

신뢰심이란 보고 행해져야만 부여되는 것이다.

신뢰는 우리가 인생이라는 사다리를 오르면서

꼭 가져야 할 사명 중의 하나이다.

신뢰받지 못하는 천재는 이미 천재가 아니다.

신뢰를 받는다는 것은

세상을 좀더 긍정적으로 살아갈 수 있게 하는 원천이다.

그러나 평생에 걸쳐 쌓아놓은 신뢰의 벽이라 해도

한 순간에 무너질 수 있음을 명심해야 한다.

다른 사람을 존경할 때,
자신도 존경받는다

흐릿한 견해는

당신을 다른 사람들로부터 고립시킨다.

하나의 관점으로만 만족하는 것은

다른 사람들로부터 외면당하기 쉽다.

사실을 받아들이고 의견을 검토한 후,

공정하게 결론을 내려야 한다.

타인의 의견을 받아들일 수 없다 하더라도

최소한 존중은 해야 한다.

다른 사람의 신조를 섣불리 정죄하는 것은

당신을 증오의 대상으로 만든다.

자신보다 훌륭한 사람과
경쟁하라

당신에게 그림자를 드리우는 자를 가까이 하지 말라.

그런 자가 당신 곁에 있다면,

무모한 경쟁으로 서로의 위치가 위태롭게 될 것이다.

당신을 어둡게 하는 자는 멀리 해야 한다.

왜 태양이 될 수 있는데 달이 되려고 하는가.

사람은 경쟁을 통해 발전하기는 하지만

헛된 것을 좇고 있는 사람과 겨루는 것은 무모한 짓이다.

나보다 훌륭한 사람과 출발하면 도착할 때쯤에는

나 자신이 그 사람보다 더 훌륭해져 있음을

발견하게 될 것이다.

다른 것이 자기를 버리기 전에,
자신이 먼저 그것을 버리는 것이 낫다

우리의 인생에는 시작과 종말이 있음을 잊지 말아야 한다.

어떤 일이든 실패해서 그 곳을 떠나야 할 때에는

명예롭게 가야한다는 자기 원칙을 세워야 한다.

찬란한 정오에 영원히 빛나는 행운이나 명성, 정열은 없다.

해가 질 때의 교훈을 기억하라.

하루의 끝은 해가 질 때,

붉게 물들기는 하지만 가라앉는 것을 보이지 않으려고

구름 뒤에 숨어서 고요히 사라진다.

더 이상 어쩔 수 없이 변화할 때는 패자가 되기 전에,

승자의 자리에서 물러날 줄 알아야 한다.

유행과 시대로부터 독립하려는
목표를 가져야 한다

인생에 성공하는 사람은

항상 어떤 사건의 중앙에 놓고 생각한다.

그들의 눈과 귀는 문제의 겉모습이 아니라

핵심에 집중되어 있다.

그들은 주변의 진동이나 변화에 관계 없이

일관성을 유지한다.

대부분의 사람들은 인생이라는 험한 삶의 숲속에서

끝없이 방황하고, 성공의 포도밭을 발견하지 못해

위기 의식을 느끼곤 한다.

지혜로운 자는 새벽에 출발하여 목표를 향해

적절한 보폭을 유지해서, 마침내 황혼녘에는

성공의 포도가 가득한 목적지에 도착하게 된다.

어리석은 자는 아직도 잘못된 타성으로

시간과 노력만 허비하고 있다.

부끄럽지 않은 인생을
위선 하지 말라

나날이 변하는 세상의 모습 속에

사람들도 악화되어 간다.

인간의 심성은 세상을 살아가면서

조금씩 악랄하고 비굴하게 변한다.

참신함을 포기하고 시류에 적당히 묻어가는 변화란

그야말로 위선 중의 위선이다.

그런 모습들이 정상인지, 비정상인지도 구분할 수 없는

한심한 인간들이 도처에 우글대고 있다.

온 세상을 소유한다고 해도,

인정받지 못하는 인생은 의미가 없다.

떳떳하게 인정받으며 살아가는 것만큼이나

소중한 것은 없다.

제 아무리 고상한 것도
시간의 무게를 견디지는 못한다

어떤 지도자의 명성도
세월 앞에서는 사라지는 연기와 같다.
아무리 좋은 음식도 시간이 지나면 썩듯이
명성도 마찬가지이다.
너무 많이 알려진 것은 사람들이 경외하지 않는다.
평범하더라도 그것이 참신할 때,
기존의 뛰어난 것들을 제압할 수 있다.
따라서 당신의 정신력을 늘 새롭게 해야 한다.
무대가 바뀔 때마다 달라진 모습으로
개성과 인기를 상승시키는 배우의 역할을
숙고할 필요가 있다.

가장 큰 바보는,
자신을 제외한 모든 사람들이 바보라고 생각한다

어리석음 중의 어리석음은

바보가 되는 것이 아니라

자신이 바보임을 숨기는 일이다.

세상에는 숨겨야 할 것이 많이 있지만,

자신이 바보임을 숨기는 일은,

영영 그 굴레로부터 벗어날 수 없는 족쇄를 채우는 것이다.

자신의 어리석음을 드러내는 것은

스스로를 극복하려는 의지를 더욱 강하게 만든다.

그것은 자포자기가 아니라

정정당당하게 심판받고 개선하려는

지혜로운 결단이다.

억압되지 않은
자유로운 시각을 가져라

편협한 생각을 갖는 것은

인생에서 자신의 역할을 잘못 판단하고

잘못 계산하는 일이 되곤 한다.

오만과 편견으로 가려진 견해는

자신에게 다가온 행운을 멀리로 내보내는 일이다.

세상을 비뚤어진 시각으로만 본다면,

이 세상은 뛰어난 양심가도,

훌륭한 철학가도 없는 세상이 될 것이다.

시간 외에 우리가 속한 것은 아무것도 없다
그러므로 아껴라

세상은 다른 사람의 결점을 찾으려는 자들로 가득 차 있다.

그러한 변태적인 욕구로, 사람들은 자신을 합리화하고

타인을 미워하는 데 익숙해 있다.

서로 헐뜯는 비정상적인 환경은

천국도 지옥으로 만들어 버릴 수가 있다.

당신은 남을 미워하고 헐뜯기에는

너무나도 아까운 시간을 살고 있음을 명심해야 한다.

인생 가운데는 그런 일말고도 할 일이 너무도 많다.

반쪽의 진리를 통해서도,
그 의미를 온전히 이해할 수 있어야 한다

판단은 증거와 사실로 행해지는 것이다.

유감스럽게도 많은 사람들은 그들이 본 것이 아니라,

들은 것으로 판단하려 한다.

그러나 듣는 것은 돌고 도는 뜬소문보다 나을 것이 없다.

반대로 확실한 증거는 사실을 낳는다.

사람들은 대개 사실과 거짓을 가리는 데

가끔 혼돈을 겪는다.

사실이란 것은 들릴 듯 말 듯한 걸음으로 오지만,

거짓은 빠르고 요란스럽게 오기 때문이다.

어떤 이야기의 참과 거짓을 구별하기 위해서는

이야기를 옮기는 사람의 동기를 잘 분석해야 한다.

누군가에게 아무 소용이 없다는 것은 엄청난 불행이다

완벽한 신사란 다방면에 능숙한 사람을 말한다.

그는 다양한 재주와 멋을 지니고 있어

폭넓은 세계의 삶의 살아가는 사람이다.

자신의 전문 분야뿐만 아니라

예술과 문화에 대한 풍부한 인식으로,

그 자신의 인격에 금장식을 할 줄 안다.

음식에도 다양한 맛을 내 듯,

인생에 있어서도 보다

다양한 맛을 창출해 낼 줄 알아야 한다.

그런 신사가 인생을 즐길 줄 아는 것이다.

당신의 마음을 열리게 하는 자,
그에게 감사하라

사람들의 마음을 헤아리는 방법을 알아야 한다.

타인의 지성이나 동기를

날카롭게 파헤치는 것도 중요한 기술이다.

그러나 이러한 행위 역시 공정한 시각이 선행되어야 한다.

학문을 배우고 익히는 것보다 훨씬 더 중요한 것이

사람에 대해 배우는 것이다.

당신이 어려운 학술용어나

온갖 예술적 상식을 겸비한 자라 하더라도,

인간의 사상이나 동기에 대해 무지하다면

불행을 자초할 수 있다.

중요한 것은 다른 사람이 말하는 것을 느끼고,

다른 사람이 느끼는 것을 표현할 수 있어야 한다.

망각이
최대의 복수다

우정이 절실히 필요할 때,

우리의 양심을 짓밟고 저버린 친구들에 대한

가장 큰 복수는

그들을 망각 속으로 밀어넣는 것이다.

그것이 최고의 경멸이다.

그러므로 과감하게 그들을 잊어버리고, 돌아보지 말라.

그리고 미래에 대한 새로운 방향을 모색하라,

새로 선택한 동료와 더불어.

세상을 사는 지식은
서재에 있는 것이 아니라 세상 가운데 있다

우리가 살아가는 세계와 사람들은 끊임없이 변한다.
우리의 변화는 단호하고 전진적인 것이어야 한다.
사람들은 대개 의타적인 경향이 강하므로,
자립심이 있는 사람을 선택하여 함께 나아가야 한다.
또한 대다수의 사람들이 하는 말은 가벼운 바람과 같다.
흥미를 돋구는 듯한 말은 대부분 기만하고 분열시키는
속임수라는 것을 명심해야 한다.
그것은 허풍을 떠는 수다쟁이가
바람에 부풀린 말일 뿐이다.
약속한 것은 반드시 지키는 사람을 주목하라.
수많은 나무들이 있다. 그 중에는
열매를 맺는 나무가 있는가 하면,
열매가 없는 나무도 있다.

그러나 열매가 없는 나무도

땔감이나 목재로 쓰이는 법이다.

특정 부문에 재능이 없다고,

그 사람을 모든 것에 불필요한 존재로 치부해서는 안 된다.

화가 났을 때는
차라리 아무 일도 하지 말라

인생이라는 게임을 풀어나가는 방법을 알아야 한다.

교활한 자는 속임수를 씀으로써

그들이 원하는 것을 얻으려는 트릭을 쓴다.

우리의 존재에는 독특한 패러독스가 존재한다.

즉 잡으려는 것은 잡히지 않고, 원하지 않는 것은

언제나 미리 길 위에서 기다리고 있는 것이다.

이것은 사랑이라는 주제에 있어서도 마찬가지이다.

경멸과 모욕은 어리석은 자에 대한,

보복의 교묘하고도 달콤한 형식이다.

멸시의 정도가 깊어지면 깊어질수록 자기 만족도 커진다.

분노하는 것은 지혜로운 복수가 아니다.

이성 없이 산다는 것은
살지 않는 것과 같다

정신과 이성은

어떠한 일을 추진하는 데 상호보완 관계에 있다.

이성이 깊이 숙고한 것을 정신이 행하는 것이다.

충동이란 방향을 잃어버리고

미성숙한 채로 달리는 무모한 질주이지만,

이성은 충동을 진정시키고

나아갈 방향을 잡아주는 역할을 한다.

천천히 참는 인내와 함께,

결정적인 시기를 놓치지 않는 신속함은

패배를 없애는 명쾌한 카드다.

고대 로마의 유명한 금언 '천천히 그리고 신속히'는

오늘도 그리고 내일도 새겨야 할 중요한 말이다.